LES FULGURÉS

SUSANNA BISSOLI

LES FULGURÉS

roman

Traduit de l'italien
par Nathalie Bauer

ÉDITIONS DU SEUIL
*57, rue Gaston-Tessier, Paris XIXe*

Ouvrage traduit avec le concours du Centre national du livre

Ce livre est édité par Martine Van Geertruyden

Pour la première citation en exergue :

« Nous nous ferons fort de lire le mystère des choses, /
tels les espions de Dieu. »
William Shakespeare, *Le Roi Lear*, V, 3,
traduction de G. Monsarrat, Paris, Robert Laffont,
« Bouquins », 1995.

Titre original : *I folgorati*
ISBN original : 978-88-06-25582-4

ISBN 978-2-02-158159-1

www.seuil.com

À mon père

And [we'll] take upon's the mystery of things,
As if we were God's spies…

William Shakespeare, *King Lear*[1]

Ô saint Éloi ! Qui périt puis a la gueule de bois.

Façon de parler bolognaise

1. « Nous nous ferons fort de lire le mystère des choses, / tels les espions de Dieu. »

Assisté d'une infirmière, l'échographiste me perce le sein gauche, dans la zone supérieure droite, là où je sens depuis plusieurs semaines une grosseur fuselée et mobile. L'aiguille ne parvient pas à pénétrer, c'est trop dur. Le médecin secoue la tête, l'infirmière me tamponne le sein à l'aide d'un linge.

Je pense aux balles de dimanche dernier. Ma nièce fêtait ses dix ans et Nora a tenu à ce que nous allions nous promener au lac de Molveno[1]. Comme d'habitude, mon père a résisté avant d'accepter. Le lac était blême et il faisait un froid de canard, bien qu'on soit maintenant presque en juin. Alice et moi avons roulé plusieurs fois au bas d'une pente. En riant fort. Quand nous nous sommes dirigés vers le bar, ma sœur m'a attirée à l'écart. Dis-le-lui, a-t-elle murmuré en parlant de mon père. Mais je n'en ai pas eu envie. Nous avons commandé du thé et un Coca pour Alice. Il y avait dans un coin de la véranda un distributeur de balles en caoutchouc avec des trucs emprisonnés dedans. Alice en voulait une. Mon père lui a tendu une pièce de monnaie ; une balle contenant une libellule est descendue. J'ai tenté ma chance à mon tour ; un perroquet jaune et vert est tombé.

1. Lac alpin situé dans le Trentin-Haut-Adige.

« Assez dépensé d'argent en conneries ! » a dit ma sœur.

Or mon père voulait lui aussi une balle pour jouer avec le chien.

« Quel chien ? » a lancé Alice.

Mon père a eu un petit rire.

« Vas-y, tourne ! »

Ma nièce a fait *drrrr*, toute contente, et aussitôt a surgi un ver avec une image en noir et blanc en arrière-fond. Mon père a chaussé ses lunettes : « C'est quoi, c'truc ? Une maison ? Un immeuble ? J'comprends pas.

– C'est quoi, papy ? interrogeait Alice.

– C'est la maison du ver », ai-je répondu en lui tirant les cheveux.

Puis nous avons quitté le bar et nous sommes repartis vers le lac. Nora et moi avons accéléré le pas. La tête en avant pour feindre l'indifférence, nous nous cherchions du coin de l'œil.

« Quels fumiers, les types des balles », a sifflé Nora entre ses dents.

Les constructions en arrière-fond étaient de toute évidence des tombes, et on ne peut pas dire que mon père se porte très bien ces derniers temps.

« Je peux lui donner ma balle avec le perroquet », ai-je proposé.

Nora m'a regardée, les yeux écarquillés : « Tu es folle, ou quoi ? Il ne faut pas plaisanter avec le destin.

– Papy, tatie veut te donner son perroquet en échange de ton ver !

– Non, non ! Chacun garde sa balle ! » est intervenue ma sœur d'un ton décidé.

Les yeux rivés à l'écran, le médecin essaie de percer une deuxième fois ; il y parvient enfin à la troisième : il aspire à l'aide de la seringue. L'infirmière me nettoie de nouveau et m'applique une gaze adhésive. Je vais ensuite derrière le paravent, m'assieds sur le banc et commence à me rhabiller.

Je sens sa présence, debout à côté de moi, dans la petite pièce. Je m'apprête à me lever. Mais c'est lui qui s'assied.

« Restez donc là, il n'y a pas d'urgence. »

Je soupire. J'ai des sueurs froides.

« Vous êtes venue seule ? »

J'acquiesce et m'apprête une nouvelle fois à me lever.

« Non, restez là, ne vous inquiétez pas. Restez donc tranquille un moment. »

Je croise les bras. Sa main blanche et charnue vient se poser sur mon visage ; je scrute une radio fixée sur le tableau lumineux, de l'autre côté, tandis qu'un sanglot monte en moi comme une couleuvre. Le médecin est toujours là, assis à côté de moi, il me regarde avec douceur. Du couloir s'élèvent de temps en temps des voix, des ébauches de conversations aussitôt étouffées.

« J'avais juré de me jeter au bas d'un pont si ça recommençait.

– Il se peut que vous ayez plus de chance cette fois, rien ne dit que vous deviez faire une chimiothérapie.

– J'en doute, je n'ai pas de récepteurs pour les traitements hormonaux. Et puis, je pourrais aussi avoir moins de chance, non ? »

Il pince les lèvres. S'il me touche encore, je fondrai en larmes.

Il ne me touche pas.

Je me gare presque en face de la boutique et constate que la dénommée Piri nettoie la vitrine. D'habitude, elle ne travaille pas le lundi après-midi. Piri est la vendeuse que ma sœur a engagée après ma démission.

En temps normal, j'évite la boutique : quand je discute avec Nora à l'intérieur, ça se termine en dispute. Mais, en revenant du centre de diagnostic, je me suis retrouvée devant.

La voici, Nora, de dos, un chiffon à la main. Elle époussette les valises.

Lorsque je suis partie, j'ai volé le cutter orange, celui que j'utilisais toujours pour ouvrir les cartons. J'ai raflé aussi l'étiqueteuse. Étiqueter les sacs me manque. Pendant que j'étiquetais les sacs, j'entrais dans une sorte de transe. Nora n'aimait pas me voir en transe. Surtout, elle n'aimait pas me surprendre en train d'écrire à l'ordinateur de la caisse, au lieu d'enregistrer des factures. Elle voulait que je m'invente une occupation, même s'il n'y avait personne dans la boutique, par exemple épousseter les boîtes, ôter les empreintes de doigts sur le comptoir de la caisse, laver les vitres, astiquer les suspensions. Moi, la seule chose que j'aimais vraiment, c'était étiqueter. *Tic tic tic tic tic*. Et ouvrir les cartons au cutter. En étiquetant, je pénétrais vraiment dans une autre dimension, j'avais brusquement des idées. Si ce n'est que je devais ensuite courir les écrire quelque part, autrement je devenais nerveuse. Quand ma sœur me voyait, mon cahier entre les mains, elle se plantait derrière moi et poussait un grand soupir.

J'ai fini par m'en aller pour préserver notre relation. Je lui ai annoncé que j'avais trouvé un emploi dans une agence de presse et je lui ai remis ma lettre de démission. Elle a été très soulagée. Elle ne cessait de dire qu'elle était contente pour moi, que j'avais trouvé un emploi qui me convenait mieux. Je me demande en quoi elle imaginait que cet emploi consistait. En réalité, elle ne m'a même pas posé la question. Je faisais des photocopies.

Ce n'était pas très différent de l'étiquetage des sacs, en raison de cet automatisme que j'apprécie. Une seule chose me dérangeait : le faire de quatre heures à onze heures du matin.

Puis on a découvert que je connaissais plusieurs langues et on m'a confié les sélections de la presse internationale ; je devais également écrire les abstracts en italien. Parfois, on me disait de sélectionner des articles dans la presse allemande : j'ai signalé que je ne connaissais pas l'allemand, mais la cheffe est persuadée que lorsqu'on sait parler deux ou trois langues, on comprend aussi un peu les autres. Du moins, on comprend les titres, non ? Il suffit de chercher les mots-clés. C'est peut-être vrai, il suffirait de poser la question à ceux qui reçoivent mes sélections.

La cheffe travaille là depuis huit ans. Parfois je la vois au bar, avec son visage en caoutchouc, descendre un demi-litre de bière. Je la vois parce qu'elle habite mon quartier et que nous fréquentons le même bar. J'ai grossi, moi aussi : en sept mois j'ai pris sept kilos, un par mois. Je me demande si c'est lié au diagnostic. Pas tant les kilos que ma vie de taupe.

Ma sœur, qui a toujours été en surpoids, a maigri depuis qu'elle est séparée de son mari. Mais cela date peut-être d'avant, je l'ignore. Je n'étais pas là. Quand je suis rentrée de Grèce, après le premier AVC de maman, Nora avait l'air d'une autre personne. Plus de jupes amples à mi-mollet. Jeans moulants et ceinturons, pulls décolletés, cheveux au vent. Avec l'argent de la vente du magasin familial, elle a ouvert une boutique de sacs, de chaussures et de valises ; maman lui donnait un coup de main.

Après la mort de maman, j'ai investi ma part dans un deux-pièces en ville. « Je ne te comprends vraiment pas », m'a dit Nora. Nous nous trouvions sur sa terrasse, le soir de mon quarante-cinquième anniversaire. « Je comprends que tu n'aies pas envie de retourner à Athènes, mais qu'est-ce que tu fiches ici ? Il faut que tu ailles à Milan ! Avec ton expérience, tu peux enseigner l'italien partout, mais tu dois recommencer à écrire. »

Ma sœur mentionnait souvent l'écriture, à cause du recueil de nouvelles que j'avais publié quelques années plus tôt. Cela me faisait bizarre de parler d'écriture avec elle, car écrire est une activité totalement intérieure, une façon de vivre les choses. Surtout, je ne me rappelle plus comment on s'y prend. Je pense à l'écriture de même que les vieillards pensent à leur jeunesse, je crois.

La première fois que je suis tombée malade, j'ai demandé à Nora si elle ne pouvait pas m'engager à la boutique, étant donné qu'elle cherchait une vendeuse.

Étiqueter les sacs me faisait du bien, les mots s'alignaient dans ma tête. Peut-être à cause du bruit, qui m'évoquait celui des doigts tapant sur les touches – *tic tic tic tic tic*. Quoi qu'il en soit, après m'avoir engagée, ma sœur s'est totalement désintéressée de mon écriture. J'avais choisi les sacs, je devais donc être cohérente. Comme si l'écriture était un choix, et non le fleuve qui coule sous mes pieds.

J'ai l'impression que la dénommée Piri m'a remarquée. Voici que ma sœur sort et traverse la rue, tête baissée, lorgnant déjà dans l'habitacle.

« Tu sais combien de fois je t'ai appelée ? » lance-t-elle.

Elle serre entre ses doigts fuselés le bord de la vitre ouverte. Elle a les ongles rouge écarlate.

« Franco aussi n'a pas arrêté de t'appeler toute la matinée.

– Depuis quand a-t-il ton numéro ?

– Alors ? »

Je regarde Piri qui balaie maintenant le trottoir devant la boutique en feignant d'observer les voitures qui passent.

« Tu te souviens de *Samarcanda*[1] ? dis-je.

– Vera ! Par sainte Marisa ! Comment s'est passé ton examen ?

– Positif.

– C'est-à-dire ?

– Dans le sens médical du terme. On m'a fait une biopsie. »

Nora porte une main à sa bouche et tourne les yeux vers le bout de la rue.

1. Célèbre chanson de Roberto Vecchioni (1977) racontant l'histoire d'un soldat qui, se croyant en sécurité après la guerre, aperçoit une femme en noir symbolisant la mort. Afin de lui échapper, il s'enfuit à cheval à Samarcande sans imaginer qu'elle l'y attend.

« J'aurai le résultat mercredi, mais le médecin n'a aucun doute.

– Quoi ? Il te l'a dit comme ça, en se fondant sur une impression ? s'exclame-t-elle en plantant de nouveau ses yeux dans les miens.

– On le comprend à la conformation.

– Il mériterait qu'on porte plainte !

– Nora…

– Peut-on savoir où tu étais jusqu'à maintenant ? »

Je lui indique, sur la banquette arrière, le bouquet de fleurs de colza un peu fanées que j'ai ramassées dans un champ, le long de la route. Nora secoue la tête et s'efforce de m'étreindre à travers la vitre. J'essaie de me dégager de son étau, mais elle arrive à m'attraper par le cou et à m'imprimer un baiser sur la tête.

« Ça me donne au moins une bonne excuse pour lâcher ce boulot de merde. »

Ma sœur soupire.

« Appelle Franco. »

Je mords le bord en plastique poisseux du volant.

« Et puis il faudra aussi le dire à papa, ajoute-t-elle comme si elle parlait à l'air.

– Tu ne pourrais pas t'en charger, toi ? »

Une haleine chaude me caresse le visage, j'ouvre les yeux et découvre ceux d'Alice qui me fixent de très près.

« Hé ! Qu'est-ce qu'une petite fille fait ici ?

– Tu sais combien de temps tu as dormi ? Le soleil était là, sur le fauteuil, et maintenant regarde : tu l'as sur les jambes ! »

Je soulève laborieusement la tête. J'ai le tournis.

« Oh ! » dis-je.

Elle sourit, ramène ses cheveux fins derrière son oreille. Je lève la main pour lui toucher le visage, mais l'aiguille de la perfusion me pique. Je me mords la lèvre.

« Ça te fait mal, hein ? Maman a dit qu'elle allait te chercher de l'eau fraîche, mais je parie qu'elle est en train de boire un autre cappuccino. Je peux t'embrasser, maintenant que tu es réveillée ?

– Tu m'as embrassée pendant que je dormais ?

– Non. J'ai pas osé.

– Je sens mauvais. »

Elle se penche et dépose un baiser sur mon front, un long baiser. Mon père l'embrasse toujours de cette manière. Il nous embrassait ainsi, nous aussi, autrefois.

« Qu'est-ce qu'il y a, tatie ?

– Rien. »

Elle plisse les paupières, perplexe.

« Quand est-ce que tu rentres à la maison ?

– Bientôt, je crois.

– Depuis qu'elle est arrivée, elle n'a pas bougé. Je lui ai demandé si elle voulait un chocolat et elle m'a fait *Chuuut !* »

C'est Ivonne, la dame qui occupe le lit près de la fenêtre. Soixante-quatorze ans, dont quarante passés à travailler dans une biscuiterie. « Moi aussi, j'ai porté une blouse blanche », a-t-elle dit. Le jour, nous bavardons ; la nuit, en revanche, nous prononçons des phrases qui demeurent en suspens dans la lumière bleue, et nous les regardons en silence jusqu'à ce que l'aube arrive ou que l'infirmière entre, armée de cachets et d'un thermomètre. Quand Madame Ivonne laisse échapper un pet, elle déclare : « Il y a plus de place dehors que dedans, pas vrai ? »

Elle se tient maintenant debout à côté d'Alice. Elle porte une robe de chambre à fleurs grises et bleues, et ses cheveux roux sont aussi ébouriffés que si elle avait volé dans les airs ; à contre-jour, ils semblent plus clairsemés. Elle tend à Alice une boîte de chocolats.

« Tu en prends un, maintenant ?

– Merci. »

Alice tire au sort pour choisir. Elle a des traces de vernis noir sur les ongles.

Puis Ivonne agite la boîte devant mon nez.

« Allez, toi aussi, ça te requinquera ! »

Je refuse d'un geste du doigt. J'ai la bouche trop pâteuse.

« L'autre, il continue de m'apporter des chocolats, dit-elle. Je me demande ce qu'il ressasse, tout seul dans cette grande maison. »

Puis, du menton, elle indique le lit derrière moi. « Elle, je ne lui propose même pas. »

La vieille missionnaire combonienne gémit un peu. Il était plus de minuit quand on l'a ramenée de la salle d'opération.

Je demande à Ivonne : « Elle est réveillée ?

– Regarde les yeux hagards qu'elle a : c'est la morphine ! On t'en a injecté pas mal à toi aussi. Il y avait là ton ami qui te parlait, mais toi, tu ne répondais même pas... Tu sais ce qu'a dit la jeune religieuse qui l'assiste, ce matin ? Qu'elle ne voulait pas rentrer en Italie pour se faire opérer, qu'elle préférait mourir en Ouganda. Elle a beaucoup pleuré, paraît-il. »

Je me tourne lentement en grimaçant. Du ballot immobile, au centre du lit, jaillit un visage ridé dont les yeux rouges de naufragée transpercent le plafond. J'imagine un homme qui la hisse sur son épaule, et elle qui lui bourre le dos de coups de poing.

« Pourquoi est-ce qu'elle ne voulait pas rentrer ? interroge Alice.

– Le retour l'effrayait plus que la mort », dis-je.

C'est alors que ma sœur surgit, aérienne, son sac vert en bandoulière et quatre petites bouteilles d'eau dans les bras.

« Donne-m'en une tout de suite !

– Tu t'es enfin réveillée ! J'ai vu le médecin, tu sors demain.

– Demain ? »

Je regarde la tache de sang sec sur la gaze qui recouvre l'aiguille papillon.

« On t'enlèvera la perfusion et le cathéter dans l'après-midi. Naturellement, tu t'installes chez nous jusqu'à ce que tu sois rétablie.

– Oh ! oui, s'écrie Alice en serrant les poings.

– Et Franco ?

– Non, allez, tatie !

– C'est toi qui décides, déclare Nora.

– Cette bouteille d'eau, tu me la donnes, s'il te plaît ? »

Ma sœur dévisse le bouchon et me la tend. Je la porte à mes lèvres et en avale tout le contenu.

« La vache ! s'exclame Ivonne.

– D'accord. J'irai chez vous.

– Hourra ! Tu dormiras avec moi ? » lance Alice.

Je soulève le tube mou, dans lequel coule un liquide d'un rose ambré, jusqu'à ce qu'apparaisse la poire graduée, que je fais osciller devant ses yeux. Alice la regarde sans broncher.

« Il faut que ce truc-là vienne aussi ?

– Bon, dit Ivonne, je vous laisse à vos cochonneries. Je vais faire un tour. Je me trouverai peut-être un amoureux. »

Elle nous adresse un clin d'œil et se dirige vers le couloir en traînant ses savates.

« Au revoir, dit ma sœur après qu'Ivonne a disparu derrière la porte.

– Mais c'est du sang ou du pipi ? » interroge Alice en étudiant la poire.

Je réponds : « Il y a un peu de sang. »

Puis je lui indique le sac du cathéter sous le lit, près de ses pieds.

« Ça, en revanche, c'est du pipi pur.

– Berk ! »

Elle n'avait pas remarqué. Les mains levées, elle jette un coup d'œil à la ronde, à la recherche d'autres saletés cachées.

« Tu n'as pas envie d'aller regarder un moment la télé dans la petite salle ? lui propose Nora.

– Non.

– D'accord. Dans ce cas, il vaut mieux que nous partions, hein ? Vera, appelle-moi dès qu'on te remettra les papiers de sortie. J'ai déjà averti Piri, demain elle se débrouillera toute seule à la boutique. »

J'acquiesce.

« Oh ! J'oubliais ! »

Elle tire de son gros sac un numéro de la *Settimana Enigmistica*[1] et me le tend.

« Papa m'a demandé de te l'acheter. Il a dit de t'embrasser, il n'a pas le courage de venir à l'hôpital. »

Il y a une histoire avec mon père et les semaines d'énigmes. Il en a toujours une pile sur le rebord de la fenêtre, aux toilettes, flanquée de deux ou trois stylos effaçables, à encre diluée et grosse bille. C'est la raison pour laquelle il passe sa vie aux cabinets. La plupart du temps, je m'en suis aperçue, les mots croisés ont l'air terminés, mais, à bien y regarder, on se rend compte que certains mots sont inventés. À mon avis, certains jours mon père ne supporte pas les trous. Je remplis ceux qu'il laisse. Bref, il y a ce petit coin où nous nous creusons la cervelle à tour de rôle à propos de la substance qu'on extrait des algues marines, de la capitale de la Laconie, ou du mot correspondant à « profonds abîmes » (six lettres). Jamais d'allusion à notre collaboration secrète. J'aime me tenir là, assise sur la cuvette, le bruit des semi-remorques qui parcourent la grand-route en arrière-fond, la *Settimana Enigmistica* posée sur mes cuisses nues. Ce sont les seuls moments d'intimité que je partage avec mon père depuis quelques années.

« Tu as un stylo ? interroge ma sœur.

– D'après toi ? lance Alice. Mais elle n'a pas son bras, maman.

– J'ai un sac plein de stylos et de bras, dis-je.

1. Littéralement « Semaine d'énigmes », célèbre hebdomadaire de mots croisés et de casse-têtes, publié en Italie depuis 1932.

– Comment ça, de bras ? »

Désormais, on s'attend à tout dans cet endroit.

La religieuse gémit. Elle bredouille, tourne la tête à droite et à gauche.

« Elle a peut-être soif, elle aussi », déclare Alice.

Nora s'approche de la religieuse, qui écarquille encore plus les yeux. Elle s'empare de la bouteille sur la table de nuit et verse un peu d'eau dans un gobelet en plastique, qu'elle lui montre. La religieuse branle du chef. Nora lui soulève la tête, de la paume de la main, et, de l'autre main, lui porte le gobelet aux lèvres.

« Doucement ! » dit-elle.

Elle l'y maintient appuyé, jusqu'à ce que la religieuse écarte la bouche. Nous l'observons toutes avec un peu d'appréhension, mais la femme semble se calmer. Elle ferme les yeux, comme si l'acte de boire avait épuisé ses besoins et ses forces.

« Cinquante ans en Ouganda, tu as dit ? »

Nous la regardons un moment encore sans piper mot.

Puis je reprends la parole : « J'aimerais écrire une histoire sur une personne très éloignée de moi, qui n'a rien à voir avec moi.

– Qu'est-ce qui t'en empêche ? »

Je tourne les yeux vers Nora.

« C'est quoi, ce ton ?

– Oh, vous n'allez pas commencer ! s'exclame Alice.

– Non. À condition que tatie ne se plaigne pas pour la énième fois d'avoir arrêté d'écrire.

– Je n'ai jamais arrêté d'écrire.

– Oh ! D'accord. »

Nora s'appuie contre le rebord de la fenêtre et regarde dehors. Alice nous dévisage l'une après l'autre.

« Terminé ?

– Pose la question à ta maman.

– Mais tu viens quand même chez nous, demain ? »

Je soupire. Ma sœur me lance un regard contrit. Je hoche la tête.

Alice cherche quelque chose dans la poche de son pantalon.

« Oh ! »

Elle en retire ses doigts couverts de chocolat.

« Il va falloir que tu en demandes un autre à la dame. »

Je m'efforce de lui sourire.

« Mais, tatie, tu vas de nouveau perdre tes cheveux ? »

Je me réveille tout habillée, surprise d'être dans mon lit. Le soleil brille déjà haut dans le ciel et on sonne avec insistance à l'interphone.

Drrrrring-drrrrrrring-drrrrrrring.

Je me lève en pestant, me traîne à la cuisine, pieds nus, la poire pleine qui se balance, fixée à ma hanche, la plaie au sein qui palpite. Je grogne dans l'interphone :

« Qui est-ce ?

– Cébbaba. Ouv' la botte !

– Qui ?

– Baba ! Baba ! La botte ! »

J'appuie sur le bouton en criant : « Deuxième étage ! »

Il est possible qu'il ait oublié, parce qu'il n'est venu qu'une seule fois, il y a trois ans, dîner avec Nora, Vincenzo et Alice. J'avais préparé des spaghettis aux coques ; le sable crissait entre les dents et la jambe de mon père n'avait pas cessé de faire vibrer la table.

Je soulève la poire par la canule et la fourre dans ma poche. J'entends, en bas, un grognement nerveux tandis que la porte d'entrée s'ouvre avec fracas. Mon instinct me dicte d'entrebâiller la porte et de m'enfermer à la salle de bains, de gagner du temps. Au lieu de ça, je reste là, sur le palier : je prends une grande respiration et attends devant l'ascenseur, les bras croisés, les ongles plantés dans les avant-bras.

Lorsque la porte s'ouvre enfin (*pling !*), il apparaît, penché en avant, une rose rouge entre les dents et un carton dans les bras. Un filet de salive coule le long de son menton.

« Papa ?

– kan amis du kemps ! lance-t-il en postillonnant.

– Donne-moi ça ! » lui dis-je, pensant que le carton lui glisse des mains.

Il secoue la tête, l'air agacé, et tend le menton vers l'avant. Je lui ôte la rose de la bouche.

« Lasse-moi passer, si tu veux pas que j'meure ! »

Je cours ouvrir tout grand la porte et m'aplatis derrière, contre le mur. Quand j'entends le bruit du carton sur la table, je repousse le battant, qui se referme.

Il se tient là au milieu de la cuisine. Il respire laborieusement en se tamponnant le front et le cou à l'aide d'un mouchoir bleu. Il arbore un polo rose que je ne lui ai jamais vu et dans lequel il semble encore plus corpulent. Aux pieds, ses chaussures déformées en toile beige, qu'il porte à l'intérieur hiver comme été depuis que son pied a enflé. Il pose les mains sur ses hanches et souffle entre ses dents.

« Ça a pas l'air, mais c't'engin-là pèse une foudre. »

J'attends qu'il se calme.

« C'te poisse ! dit-il. C'est pas possible c'te poisse ! »

Je hausse les épaules.

« Je suis désolée d'avoir dû t'annoncer cette nouvelle.

– C'est pas toi qui m'l'as annoncée. »

Je hausse les épaules une nouvelle fois.

« Pourquoi ça ? On peut savoir ? »

Il s'approche, me glisse une mèche derrière l'oreille, me caresse un peu la tête.

« Y sont tout raplaplas.

– Pas pour longtemps. »

De temps en temps, il disait aussi à ma mère : « Ça fait combien d'temps qu't'es pas allée chez la coiffeuse ? » Ça la mettait hors d'elle.

« Quelle poisse », reprend-il.

Ses yeux s'embuent de larmes.

Pour changer de sujet, j'interroge : « Et ça, qu'est-ce que c'est ? »

J'indique le carton.

« Ouv'le ! »

Je pose la rose sur l'égouttoir et prends le cutter orange dans le tiroir ; j'entaille avec un certain plaisir le scotch à la jointure des rabats. À l'intérieur, je découvre un parallélépipède de métal luisant. Un four à micro-ondes.

« Moi, ça m'a changé la vie. Quand t'as pas envie, tu tournes le bouton : deux minutes. Mais faut avoir un truc à réchauffer. »

Je le sors du carton. Je me demande où je vais bien pouvoir placer ce catafalque.

« Merci, papa. Mais... qu'est-ce qu'il y a dedans ?

– Oh, j'ai trouvé ça dans un tiroir. J'sais que t'es pas pour, mais si jamais tu changeais d'avis... »

J'actionne l'ouverture de la porte et sors un sac en plastique blanc, que je tâte. Il contient quelque chose de glissant et de poilu, comme un col de fourrure. Le renard de maman ? Trop petit.

« Ce n'est quand même pas...

– Elle était en vrais cheveux, hein ! L'a coûté les yeux d'la tête. »

D'un geste dégoûté, je tire la perruque de maman.

« Ben quoi ? » lance-t-il.

Je garde le silence. J'observe cette relique hirsute et poussiéreuse.

« J'me suis planté, pas vrai ? C'est trop tôt.

– Ce n'est pas ça.

– Jette-la !

– Mais non. En fait, ces trucs-là, tu sais, ont une durée limitée.

– Comment ça, limitée ? L'est en vrais ch'veux.

– Justement, papa. Je crois que les cheveux synthétiques durent plus longtemps.

– Vrament ? Allez, jette-la !

– Tu ne veux pas la garder ?

– Pour en faire quoi ? Si elle t'sert à rien… »

Je secoue la tête. Je replace la perruque dans le sac, mais je n'ai pas le courage de le jeter à la poubelle. Je le pose sur la table, près du carton.

« J'suis vrament un crétin », dit mon père.

Une grosse andouille, aurait dit ma mère en le voyant, l'air contrit et vêtu de rose, au milieu de la pièce.

« T'as de l'eau gazeuse ? interroge-t-il.

– J'ai celle du maire, dis-je en m'appropriant une de ses expressions.

– D'accord, pour c'te fois. »

Il ne boit que de l'eau gazeuse, il l'achète par trois paquets de six, en bouteilles de plastique bleu qu'il a l'habitude d'écraser au beau milieu de la conversation. Par ailleurs, il existe à Quaderni un problème avec les nappes phréatiques, et l'eau du robinet, quand on pouvait encore la boire, était trouble et sentait le chlore. Je la laisse couler jusqu'à ce qu'elle soit un peu fraîche. Lorsque je me retourne, mon père a disparu. Je le trouve dans la chambre : assis sur le lit, il range son grand mouchoir dans sa poche.

D'un geste du menton, il indique la valise cabine rouge, sous la fenêtre.

« Tu pouvais pas rester chez Nora ? T'as pas encore l'air très en forme.

– J'avais besoin d'être un peu seule.

– L'était pas un peu vexée ? »

Je hausse les épaules.

« Mais t'as l'intention d't'installer chez elle pendant la chimio ?

– Non, je préfère pas.

– Et alors ?

– Un ami va m'héberger. »

Mon père avale l'eau, se suce les lèvres et me redonne le verre.

« Oh, alors l'est toujours là, lui ! dit-il.

– Qu'est-ce que tu en sais ? »

Il a un petit rire entre ses dents. Je secoue la tête.

Dans la cour, de grands coups retentissent à intervalles réguliers, suivis de vibrations métalliques pour le moins agaçantes. C'est la gamine de l'étage supérieur qui lance son ballon contre la porte du garage. Je pense souvent à elle la nuit ; elle a les cheveux blonds, en brosse, et un visage impénétrable. Quand je la croise dans l'escalier, elle répond d'un chuchotement à mon bonjour, et je me dis que je voudrais bien lui insuffler un peu de chaleur.

« Y a toujours autant de bordel ici ?

– Parfois. »

Il se frotte les genoux, puis, d'une main, caresse une rangée de livres dans ma bibliothèque.

« Y sont toujours là, dit-il.

– Eh oui !

– T'arrêtes pas d'aller et venir avec ces cartons ! T'as l'intention d'les relire tous ?

– Non, je ne crois pas.

– Au moins, maintenant t'as un endroit où les mettre. Une maison.

– Grâce à maman.

– Écoute... »

Il me dévisage en se protégeant les yeux de la main. Je baisse un peu le volet roulant.

« C'machin-là, c'est difficile à utiliser ? »

Il observe mon ordinateur, ouvert sur la table.

« Tu veux essayer ?

– J'sais pas. »

J'insiste. Il lève les sourcils.

« File-moi un coup d'main, s'te plaît », dit-il en faisant vibrer ses mâchoires.

Je lui offre mon bon bras pour l'aider à se lever du lit (Oh ! hisse !), puis le regarde lisser son polo et appuyer les mains sur la table pour s'asseoir devant mon portable.

« Pour allumer, il faut presser ça. »

Il abat un poing sur la table.

« Quoi ?

– J'ai laissé mes lunettes dans la voiture ! »

Je parcours la pièce du regard. J'attrape les lunettes bleues sur l'étagère qui surplombe mon lit et les lui tends. Il les tourne et les retourne un moment entre ses doigts.

« Elles sont à toi ?

– Non.

– Alors elles sont à ton copain », conclut-il en ricanant.

Je garde le silence.

« Et maint'nant ? » me lance-t-il.

Je puise dans le tiroir la vieille souris et un tapis usé, décoloré ; je clique sur Word. Je lui dis que c'est comme une machine à écrire.

« Jamais utilisé d'machine à écrire ! »

Ses deux majeurs sont en suspens au-dessus du clavier. Sa tête sent bon le shampoing à la camomille. Il a une chevelure enviable pour un homme de quatre-vingts ans : blanche et douce. Il a toujours porté les cheveux un peu longs et, sur les rares photos qu'il a de lui adolescent, ils bouclent. J'ai presque envie d'y glisser la main, de caresser ses épaules roses sur lesquelles je posais la tête en attendant qu'il me raconte une histoire.

« Comment y s'fait qu'c'est tout attaché ? »

Il me jette un coup d'œil par-dessus la monture bleue des petites lunettes de Franco. Je regarde. Il a écrit : « Ilscreusère ntlecarrelagepourfaireleségouts. »

« C'est quoi, cette phrase ? »

Je suis d'autant plus frappée que je n'ai jamais entendu un passé simple dans la bouche de mon père.

« Une phrase, répond-il en effectuant un moulinet de la main.

– Les espaces, c'est toi qui dois les mettre. »

Je lui montre. Je lui explique comment écrire une majuscule, comment placer les virgules, les points, y compris le point d'interrogation et le point d'exclamation. Le point-virgule, les deux points.

« Ceux-là, y m'intéressent pas, dit-il. Les virgules non pus, pas vrament.

– Écris autre chose, essaie ! »

Je pose les mains sur ses épaules ; d'instinct, il m'en saisit une, en caresse le dos, d'un doigt. Nous nous attardons un moment, l'air de rien, devant l'écran lumineux, mon père les yeux rivés sur le clavier.

« Où l'est, c'te saloperie d'apostrophe ? »

Je la lui indique, sous le point d'interrogation. Il retire doucement la main, se remet à écrire.

« Je vais faire du café, dis-je.

– Bien vu ! » répond-il sans se détourner de l'écran.

Quand je reviens avec le plateau, il a écrit une demi-page.

« Tu prends le pli.

– Bah ! »

Je me penche près de lui. Je lis. « *C'te salope de jambe salope salope salope y a pas pus salope au monde elle m'a cassé les burnes jor et noit les jambes les jambes les jambes les belles jambes les bonnes jambes les jambes de falzar les jambes des chezes des tables de chval de compas dommage vrament dommage dommage que les jambes on pusse pas les acheter* »

J'éclate de rire.

« J'savais pas quoi écrire, dit-il. Mais qu'esse t'en penses ?

– C'est très bien ! Maintenant, sauvegardons le texte. »

Je m'assieds à côté de lui, écris « essai papa », sauvegarde et appuie sur « imprimer ».

Activité intense de la machine, qui finit par cracher la feuille. Il s'en saisit et la contemple, presque ému.

« C'truc-là, ça vous fait un livre.

– C'est comme avec le micro-ondes, il faut que tu aies quelque chose à mettre dedans. »

Il ricane en secouant les épaules.

« Tu veux que je te cherche un ordinateur ? On en trouve aussi d'occasion, si tu as envie de t'exercer un peu. »

Il balance la tête à droite et à gauche : il prend cette idée en considération. Puis son attention se porte sur le paquet de feuilles posé tout près de l'imprimante. « Le Magnéton » trône sur la première.

« C'est quoi, c'truc ?

– Rien. Une merde.

– Alors t'écris...

– Je n'en suis plus capable, papa.

– Qu'esse ça veut dire ?

– Les histoires, il faut les raconter jusqu'au bout, et les miennes s'arrêtent à mi-chemin. Tous les personnages finissent par s'embourber, comme moi.

– Et avant, alors, comment tu faisais ?

– J'avais une perspective. Maintenant, je n'arrive à écrire que des fragments. Voilà pourquoi j'ai appelé ce texte *Le Magnéton*. C'est un titre sous forme de vœu : je n'ai pas encore trouvé l'aimant qui réunit tous les éclats.

– J'vois pas c'qu'tu veux dire, déclare-t-il, agacé, comme toujours quand quelque chose lui échappe.

– Ça ne fait rien. »

S'ensuivent quelques instants de silence, pendant lesquels il récupère le sucre resté au fond de sa tasse, puis se suce le doigt. Il répète ce geste deux ou trois fois. Je sens mes lèvres adopter le pli moqueur que prenaient celles de ma mère quand elle le regardait dans ces moments-là.

« J'ai une idée, dit-il ensuite. Pourquoi tu t'installes pas chez moi ? Pendant qu'tu fais ta chimio. La maison est grande, on s'tiendra compagnie. »

Je pense à la dernière fois où j'ai couché à Quaderni, après l'enterrement de maman. En pleine nuit, il s'est mis à crier et à jeter des objets contre le mur.

« Je ne sais pas, papa. J'aimerais tenter le coup, avec Franco. »

Il hausse les épaules. J'ai peur qu'il ne se soit vexé, mais soudain il m'attire contre lui et dépose un baiser sur ma tête. Je me raidis. Je hume le parfum de pin sylvestre dans son cou et ferme les yeux, puis j'ordonne à mon bras droit de ceindre son dos large, à ma main de suivre la piste douce, un peu molle, d'un bourrelet de graisse et de s'arrêter sur son ventre qui se soulève et s'abaisse au rythme de sa respiration.

Je pense à la « machine à câlins » dans laquelle on se glisse à quatre pattes, que Temple Grandin, autrice et professeure autiste, a construite après avoir vu des vaches se calmer lors de consultations vétérinaires dès que les parois de la cage de contention se refermaient sur elles. Une pression intense produit un effet calmant sur tout le monde, écrit-elle, il suffit de songer aux massages, aux nouveau-nés qu'on lange, aux plongeurs quand ils s'immergent. C'est grâce à cette machine et aux chevaux, dit-elle, qu'elle a surmonté son adolescence.

J'attends que mon père descende en ascenseur, puis je m'approche de la table et tâte un peu le sac, enfin j'en tire la perruque. Je vais à la salle de bains et m'en coiffe ; je vois l'image que renvoie le miroir formuler le mot « courage ». J'enlève la perruque et la jette à la poubelle.

D'un geste large du bras, le gérant nous invite à nous asseoir sur la terrasse.

« Je vous demande un peu de patience, les cuisines ouvrent dans dix minutes.

– Nous ne sommes pas pressés », répond Franco.

Il me pilote vers une table à moitié à l'ombre, près de la porte vitrée. Les lourdes chaises en fer égratignent le carrelage.

« Des bêtes de ce genre, je pensais qu'on n'en trouvait qu'en Afrique ou en Amazonie, dit-il ensuite au gérant qui nous a suivis pour dérouler le store.

– Eh bien, il est rare de voir des serpents aussi gros, mais il y en a. Il ne m'était jamais arrivé d'en trouver deux devant la porte ! Par chance, ils sont encore un peu engourdis en cette saison.

– Mais on les tue comme ça ? À coups de bâton ?

– Désolé que vous ayez assisté à cette scène, madame. Disons que ces trois-là y ont pris goût. »

Franco me presse la main sur la table.

« Pouvez-vous nous apporter tout de suite de l'eau ? dis-je. Minérale, température ambiante.

– C'est parti. »

Je regarde le lac, en bas, et les montagnes de l'autre côté, voilées par la brume.

« Le panorama est beau », déclare Franco.

J'acquiesce.

Il plante un coude sur la table et appuie le menton sur sa main. Il secoue la tête. Il a des poches sous les yeux, la peau terne. Il a un peu dormi après sa garde de nuit, puis il est venu me chercher. Je lui souris, retourne les verres et observe leur reflet changeant sur la nappe jaune.

« Je regrette. Cela faisait longtemps que je voulais t'emmener ici.

– En tout cas, tu deviens un spécialiste de la diversion. »

Il rit en se massant le cou.

« Tu avais promis qu'on n'en parlerait plus. »

Lundi dernier, il a eu une attaque de panique pendant ma consultation chez l'oncologue. Comme il commençait à râler, le médecin a dû le faire allonger sur le lit d'examen à ma place et lui administrer du valium en perfusion.

« J'espère que Sobini gardera ça pour elle, sinon plus personne ne voudra que je l'opère, pas même d'un ménisque.

– Et maintenant, comment ça va ?

– Très bien. C'était la fatigue, je te l'ai dit. Nicola a eu la diarrhée toute la nuit. Et puis, bon, cette histoire est un peu stressante, c'est normal, non ?

– Tu as eu une crise de panique, toi qui es médecin, pendant que l'oncologue me donnait les résultats de l'examen histologique. Qu'est-ce que je dois en conclure ?

– Ça n'a rien à voir ! C'est un problème de vulnérabilité, de fatigue, qui ne concerne que moi... Tu as entendu ce qu'elle a dit ?

– “Nous avons encore de nombreuses cordes à notre arc.” C’est une bonne nouvelle, ça ?

– Bien sûr, Vera. Parfois il n’y en a pas. »

Il me saisit la main et me masse les jointures d’une façon bien à lui qui me donne l’impression qu’il étudie mes os.

« J’aurais bien aimé te prendre en photo, allongé sur le lit d’examen à ma place, avec la perfusion de valium.

– Allez, ça suffit.

– Et moi qui te tenais la main.

– On pourrait arrêter d’en parler ?

– Et pourtant, tu sais quoi ? En te voyant là, blanc comme un linge, avec ton regard de chien battu, j’ai pensé : Je crois que j’aime cet homme.

– Vraiment ?

– Chut ! »

Le type est réapparu dans son dos, apportant l’eau et les menus. Il nous les tend ; la couverture de plastique marron est un peu poisseuse.

« Vous voulez autre chose à boire ? »

J’entends le rire d’un enfant et, en me retournant, le surprends en train de courir dans la salle, un couteau à la main. Il doit avoir trois ou quatre ans. Une vieille dame le suit entre les tables en se tenant la poitrine. Puis je vois, reflété dans la vitre, mon visage encadré du turban.

« Vera ! »

Je pivote.

« Je t’ai demandé si tu veux prendre du vin.

– Pardon. Oui, d’accord. Noyons ça dans un verre !

– Un litre de rouge du patron. »

Le gérant acquiesce et nous lance un regard complice. Il a de petits yeux froids, de la couleur qu’aurait le lac si la journée était claire. J'interroge Franco, qui m'a repris la main et qui la masse machinalement :

« Qu'est-ce que tu as ? Tu as quelque chose à me dire ?

– Je ne sais pas si ça en vaut la peine.

– Vas-y. »

Il se racle la gorge.

« Cinzia m'a demandé ton numéro de téléphone.

– Pourquoi ?

– Elle est inquiète pour Nicola.

– Qu'est-ce que je viens faire là-dedans ?

– Tu t'installes chez moi. Dans cette situation.

– Et qu'est-ce qu'elle voudrait me dire ?

– Je ne sais pas.

– J'espère que tu ne le lui as pas donné.

– Bien sûr que non. »

Franco agite les mains.

« Fais comme si je n'avais rien dit.

– Elle a peur que ma maladie puisse troubler Nicola, n'est-ce pas ? C'est ça, le problème ?

– Plus ou moins.

– Et toi, qu'est-ce que tu as répondu ?

– Rien, Vera. Je n'ai rien répondu… Une chose est certaine, tu aurais pu me donner un peu plus de temps pour préparer le terrain. Tu ne pouvais pas attendre le début du traitement pour te raser la tête ?

– Attends. »

Parce que le serveur vient prendre la commande.

« Vous avez choisi ?

– Un steak saignant, dis-je.

– Moi aussi. » Franco referme le menu. « Mais bien cuit. »

Le serveur sourit.

« Petites carottes au beurre ?

– Petites carottes au beurre ? me lance Franco.

– Je ne sais pas si le moment se prête aux petites carottes au beurre, dis-je sèchement. Il faut que je réfléchisse.

– C'est d'accord. Petites carottes au beurre. Pour tous les deux, merci. »

Il attend que le serveur s'en aille pour remplir à ras bord mon verre, puis le sien.

« Tchin ! » dis-je.

En levant mon verre, je renverse un peu de vin sur la nappe. Il aspire une gorgée avant de lever le sien et de le choquer contre le mien.

« À la nôtre. »

Je bois tout en deux lampées, puis fais mine de jeter le verre derrière moi. Franco m'observe, l'air sérieux.

« Ne prends donc pas tout mal, Vera. C'est le signe que les choses bougent.

– La question est : Où vont-elles ? »

Je regarde – là-bas, dans le blanc, en direction du lac – une volée d'oiseaux exécuter des figures compliquées. Qui décide de ces changements subits de direction ?

« Vera ? Regarde-moi, s'il te plaît. »

Je le regarde et lui prends la main.

« C'est difficile, je sais, mais nous y arriverons, dit-il. Je veux vivre avec toi.

– Ces mains... »

Je saisis l'autre et y dépose un baiser.

« Cinq ménisques, hier, annonce-t-il en bougeant les doigts.

– Regarde-nous donc. »

Je me tourne vers la baie vitrée. Il m'imite et nous contemplons le reflet de notre image : une femme coiffée d'un turban et une grosse tête grise. Je suis toujours surprise de nous voir réunis, en particulier à la lumière du jour. Notre histoire a débuté de nuit, peu après mon embauche à l'agence : je me garais sur le parking devant le discount et le croisais quand il sortait se dégourdir les jambes. Nous échangions un sourire. C'était l'hiver, il portait un pyjama sous son manteau et un bonnet de laine rouge. Il n'y avait jamais personne d'autre dans la rue. « Vous devriez adopter un chien », lui ai-je dit la première fois que, me voyant sortir à midi, il m'a invitée chez lui pour boire un café, qui s'est transformé en assiette de pâtes, puis en épaule et en lit.

« Et si nous prenions une chambre ici, maintenant ? » dis-je.

Garée dans la cour, chez papa, depuis une dizaine de minutes, je contemple le jardin. Soudain j'entends le portail se rouvrir. Un instant plus tard, la Jeep de Nora surgit puis s'immobilise à côté de ma voiture. Nous nous adressons un signe à travers la vitre. Je regarde dans le rétroviseur mon visage encadré par un turban bleu cobalt : j'ai des cernes violets, la peau brillante et rougie en dépit du fond de teint.

Ma sœur fait le tour et m'ouvre la portière.

Je m'appuie contre la Panda et prends une grande inspiration ; l'odeur douceâtre de la glycine fanée l'emporte sur les gaz de la grand-route. Nous gardons le silence le temps que passent deux ou trois poids lourds.

« Tu t'es maquillée. On dirait une star des années vingt.

– Quand j'aurai les sourcils dessinés, je serai parfaite.

– Ça te va bien, je ne plaisante pas ! »

Je hausse les épaules.

Cette semaine, Nora m'a rendu visite tous les jours, se relayant avec Franco. Elle m'a préparé des bouillies de sarrasin, des jus de légumes et des tisanes. Elle m'a ordonné de m'allonger sur le canapé du salon pendant qu'elle refaisait mon lit et ouvrait les fenêtres. Quand j'ai commencé à aller mieux, elle a dit que ça ne pouvait pas continuer comme ça : pour les fois suivantes, si je n'avais pas envie d'aller chez Franco (*je te comprends, hein ?*), je devais m'installer chez elle. « J'irai chez papa », me suis-je surprise à répondre.

« On se dégourdit les jambes avant d'entrer ? »

Elle m'attire dans le jardin ; je lui emboîte le pas, les jambes molles. J'ai la tête lourde et tous les muscles engourdis, mais j'ai plaisir à marcher dans l'herbe haute, le soleil tiède sur le visage. Un scarabée vert émeraude est posé sur le tuyau de la gouttière. Mentalement, j'entends maman me dire : *R'garde c'bel escarbot !*

« Tu es vraiment sûre ? »

Nora s'est plantée devant moi et a plongé ses yeux dans les miens. Elle est plus grande et ses cheveux blonds sont vaporeux. Il se peut qu'elle les crêpe.

« Tu me fais de l'ombre. »

Elle s'écarte un peu.

« Tu n'as pas oublié la dernière fois où nous avons couché ici, n'est-ce pas ? demande-t-elle.

– Sept ans se sont écoulés depuis.

– Pas pour lui.

– Je me rappelle le temps où tu étais plus petite. Je me rappelle le temps où c'était moi, la sœur aînée.

– Tu as vraiment envie de descendre dans le puits ?

– Qu'est-ce que tu veux dire ?

– Rien. C'est bien toi, ça. »

Je lui tourne le dos, traverse l'ombre des deux platanes et m'immobilise devant les roses jaunes de maman.

« On pourrait lui en apporter quelques-unes, dis-je.

– Je suis allée au cimetière avant-hier. Mais si tu veux, on peut y retourner.

– Non, c'est bon. »

J'enfonce le nez dans la rose. J'aimerais être une abeille et m'évanouir entièrement dans ce cœur soyeux. Nora me tire par la manche.

« Regarde ! »

Je pivote juste à temps pour voir une forme noire disparaître d'un bond dans le buisson de buis.

« Qu'est-ce que c'était ? Un lapin ?

– J'en ai bien l'impression. »

Nous nous approchons du buisson en tendant l'oreille, mais on n'entend que le bruit des poids lourds sur la route nationale.

« Comment un lapin a-t-il pu arriver ici ?

– Il a dû échapper aux propriétaires des paons, répond Nora, faisant allusion à la famille de Cingalais qui a pris en location la maison située de l'autre côté du mur.

– Pourquoi ? Ils ont aussi des lapins ? »

Nous nous asseyons sur le banc de pierre, près de la table en pierre. Blancs. Trop blancs.

« Comme d'habitude, il n'a pas lésiné sur l'eau de Javel, dis-je. Tu l'as vu faire ? Il en verse un seau dessus et le sol l'absorbe entièrement.

– Je le sais. Et quand c'est la saison des abricots, il me dit : Porte-m'en deux ou trois cabars, c'est un péché d'les lasser pourrir par terre !

– Chut !

– J'ai entendu un bruissement dans la haie. »

Nous pivotons. Non, le silence est revenu. Je me tourne vers ma sœur.

« Quoi ? interroge-t-elle.

– À ton avis, un lapin noir qui traverse la rue devant toi, ça porte malheur ?

– Techniquement, il a traversé la pelouse. »

Une file de fourmis gravit les pieds de la table et poursuit son chemin tout droit vers le haut. Je place le bout de mon index sur leur parcours pour observer leur réaction. Elles le contournent.

« Écoute, Vera...

– Hum ?

– Il dit qu'il a mal à la jambe.

– Qui ? Papa ?

– Non, Achab.

– Tu lis *Moby Dick* ?

– Avec Alice. Pour être exacte, l'histoire de *Moby Dick* du point de vue de la baleine.

– Ah ! fais-je avec une pointe de jalousie.

– Je disais : puisque tu as pris cette décision, essaie de comprendre comment il va.

– Tu ne lui aurais pas demandé la même chose, par hasard ?

– Mais non, voyons ! Veille à ce qu'il ne mange pas de cochonneries : à mon avis, il a un problème de circulation.

– *Herr Doktor.*

– Non, écoute-moi. Tu as l'excuse de devoir suivre un régime, il peut t'imiter. Je vous ai acheté un tas de produits bio.

– D'accord, ne t'inquiète pas. »

J'arrache une petite poignée d'herbe et la hume. Je n'ai aucun mal à sentir les odeurs, c'est le goût que j'ai perdu.

« Toi non plus tu n'as pas vu sa jambe, hein ? demande-t-elle.

– Ça doit faire trente ans que je ne l'ai pas vu en caleçon !

– Mais tu n'as pas remarqué qu'il boite ? Il porte toujours les mêmes chaussures en toile toutes déformées. Ou des sabots en plastique. Nous devons le persuader d'aller chez le médecin.

– Il n'ira jamais.

– Il faut le convaincre. Sinon il dira ensuite que c'est notre faute.

– Djerba…

– Oui. Il prétend que tout a commencé là-bas. Qu'il ne voulait pas y aller parce qu'il était en deuil de maman, que c'est pour cette raison que sa jambe s'est bloquée à la piscine. Qu'il ne faut pas obliger les gens à se distraire quand ils n'en ont pas envie.

– Je n'ai pas l'impression que nous l'ayons poussé de force à bord de l'avion… ce sont plutôt Cristiana et Viero qui ont insisté. Et puis, il allait si mal que ça à son retour ?

– Il boitait, tu ne t'en souviens pas ? Son état n'a pas cessé de se détériorer ensuite, dit-elle.

– Incroyable le nombre de fleurs qu'a le grenadier cette année !

– Vera ! Tu vas m'aider à aborder ce sujet, s'il te plaît ?

– Bien sûr. D'accord. Mais on y va maintenant ? Il mange à midi pile. »

Assis à la cuisine, mon père avale des bâtonnets de son dans du café au lait sur une petite nappe en jute toute tachée.

« T'as pas mis la perruque, dit-il.

– Pourquoi prends-tu ton petit déjeuner maintenant ? »

Il écarte les bras.

Je le rejoins et le laisse m'étreindre en essayant de ne pas prêter attention au bouton marron qui a poussé derrière son oreille.

« Et toi, l'général ? Tu viens pas embrasser ton père ? »

Nora et moi échangeons un regard : ces effusions n'ont rien de normal. Quoi qu'il en soit, Nora s'approche à son tour et se baisse pour déposer un baiser sur sa joue.

« Vous vous êtes enfin décidées à entrer. Ça fait une demi-heure que j'vous r'garde par la fenêtre.

– Papa, c'est pratiquement l'heure de déjeuner ! Tu savais bien que nous venions aujourd'hui.

– Silence ! J'ai pas fermé l'œil. Et Alice, où l'est ? »

Nora s'abstient de répondre. Quand Alice n'est pas là le dimanche, c'est parce que Vincenzo la garde, mon père le sait parfaitement.

« Pourquoi tu n'as pas dormi ?

– La faute à c'te salope, dit-il en bombardant de légers coups de poing sa jambe droite. Elle cherche la bagarre !

– Il faudrait peut-être la montrer à quelqu'un, réplique Nora. Tu pourrais appeler demain Dall'Ovo...

– Dall'Ovo en sait foutrement rien...

– C'est ton médecin.

– Dall'Ovo est pas un médecin, c'est un scribouillard.

– Dans ce cas, contactons un spécialiste.

– De quoi ?

– Je ne sais pas. Un dermatologue ? Un angiologue ? Et si tu nous la montrais, ta jambe ?

– Si j'l'ai pas montrée à Dall'Ovo, pourquoi j'devrais t'la montrer, à toi ? »

Nora lève les yeux au ciel.

« Toute façon, c'est juste par à-coups. Pour le reste, la douleur est supportable, ajoute mon père au bout d'un moment, l'air accommodant. Le seul problème, c'est quand elle s'met à palpiter, la nuit.

– Comme les étoiles.

– Toi, arrête de déconner ! me lance Nora.

– Exactement, reprend mon père, elle devient toute chaude et lumineuse. Alors, vous savez c'que j'fais ? J'me lève et j'descends. C'te nuit aussi, j'suis descendu. J'suis retourné me coucher vers cinq heures, puis j'ai bien dormi. J'me suis levé passe que je savais que vous veniez, sinon j'aurais pioncé jusqu'à midi.

– Il est midi maintenant, dit Nora.

– Mais moi, j'me suis l'vé à onze heures. »

Le réfrigérateur gémit. Mon père ramasse entre deux doigts un peu de son, tombé sur la nappe, et le porte à sa bouche.

« Donc, si j'ai bien compris, tu ne veux ni te faire examiner par Dall'Ovo ni prendre rendez-vous avec un spécialiste », récapitule Nora.

Il pose les deux mains sur la table et, la regardant droit dans les yeux, répond :

« Non. »

Ma sœur soupire. Une nostalgie de nappes, plats au four et casseroles fumantes traverse son regard.

« Toi, dis quelque chose, me supplie-t-elle.

– Il y a un lapin noir dehors.

– Merci, hein !

– J'le sais », affirme mon père.

Il écarte sa tasse et replie la petite nappe.

« Il est arrivé y a deux jours, j'lui ai ach'té des boîtes. J'ai ouvert la porte et il était là. Voilà, r'garde-le. Comme maint'nant. »

Je me retourne. Le lapin est dans la véranda. Il s'est dressé sur ses pattes arrière et il fait vibrer ses moustaches.

« Salut, Toni.

– Toni », répète mon père. Il réfléchit un moment. « Mais oui.

– Toni Lapino », dis-je.

Nous l'observons.

« Bon, conclut mon père. Faites comme chez vous, moi j'vais aux toilettes. »

Il appuie les mains sur sa table – « Un-deux-trois-hisse ! » – et se lève en serrant les dents.

Il gagne l'évier en boitant – les pieds dissimulés dans ses sabots de plastique bleu de deux pointures supérieures à la sienne – et, après avoir posé la tasse dedans, se coule dans le couloir sombre en direction de la salle de bains. Nous l'entendons chantonner :

« Toni Lapino, Toni Lapino, Toni Lapino, Toni Lapino… »

Nora secoue la tête et ouvre le réfrigérateur.

« Regarde : lardons, fromages bleus, chocolats. Tu parles d'un régime ! Et avec ça, il mange du son au petit déjeuner ! Bon, je vais chercher les courses dans la voiture. J'ai apporté des pâtes au blé noir avec des courgettes, ça ira ? Les courgettes sont déjà cuites. Tu as ton sac à monter ? »

Quand mon père revient des toilettes, je suis seule dans la cuisine. J'ai écarté la petite nappe et je parcours du doigt une fissure qui traverse en diagonale le marbre rouge de la table. C'est la première fois que je la vois.

« Vous avez déjà déjeuné ?

– Ça fait une heure et demie que tu es aux cabinets.

– Vrament ? Comme le temps passe !

– Eh oui ! Et puis, comme tu venais de prendre ton petit déjeuner, on a pensé que tu n'aurais pas envie de déjeuner tout de suite. »

Il se masse le ventre d'un geste de la paume.

« En effet, j'ai pas faim.

– De toute façon, quand tu en auras envie, les pâtes sont dans la casserole. Je laisse la table dressée ?

– Mais oui, lasse donc tout là, c'est toujours l'heure d'manger. La faim r'vient toujours ! Y compris quand on bouffe à s'en faire péter la panse et qu'on s'dit qu'on r'mangera pas avant un mois. Au lieu d'ça, le lendemain, à tout casser, on doit r'manger. Quelle maldicion ! »

« Où est passée ta frangine ? » ajoute-t-il ensuite.

Inutile de lui répondre : la note étirée d'une trompette nous parvient de l'étage supérieur. Il serre les mâchoires et tourne les yeux vers le plafond.

« Elle ne peut pas jouer chez elle, la voisine flanque des coups de chaussure au mur, dis-je.

– J'sais bien. Heureusement que j'suis à moitié sourd. »

Nous observons pendant quelques secondes le plafond comme si nous pouvions voir à travers. Puis je m'exclame :

« Alors moi, je reste, hein !

– Vrament ?

– Je te l'avais dit, tu te souviens ?

– Oui, oui, j'sais. J'suis content.

– Bien, alors. Mon sac est déjà dans la chambre.

– Laquelle ?

– La mienne.

– Exact ! Mais... c'est laquelle, ta chambre ?

– Papa ! Celle qui jouxte la tienne.

– Comment j'pourrais l'savoir ? T'étais toujours en vadrouille ! »

C'est vrai, mais j'ai également vécu ici des étés entiers, aimerais-je lui dire.

« J'sais pas où sont les draps. D'habitude, c'est la femme de ménage qui s'en charge.

– Ils sont dans la commode sur le palier. Mais Nora a déjà fait mon lit.

– Évidemment… Attends, j'vais m'asseoir, c'te salope m'fait des misères aujourd'hui. »

Il contourne la table en s'appuyant dessus, tire sa chaise et se laisse tomber sur la pile de coussins. Il contracte les mâchoires et souffle entre ses dents.

« Bordeeel… », siffle-t-il.

Nous gardons le silence, tandis que le réfrigérateur mugit, que les notes de trompette retentissent là-haut et que le soleil caresse les doigts de ma main droite posée sur le marbre rouge de la table. Enfin, ses traits se détendent.

« Passé, dit-il. S'te plaît, prends-moi d'l'eau dans l'frigo. »

Je me lève et remplis son verre d'eau gazeuse. Il l'avale goulûment, puis pose le verre sur la table et fait claquer sa langue. Il se tourne vers moi.

« Alors, toi, c'soir, tu restes ici.

– Eh oui !

– Même après l'couchant ?

– Oui, papa.

– Bien, bien. »

Les animaux, chez nous, ont toujours mal fini. À commencer par les cinq poussins colorés (fuchsia, bleu, vert, orange et jaune) que mon grand-père avait achetés au marché, pour ma sœur et moi, et que nous retrouvâmes le lendemain, étripés derrière le rideau du salon, petits tas de viscères et de plumes sur le marbre brillant, au soleil. Nous supposâmes que, sentant cette douceur vibrante entre ses mains, Nora, qui avait alors deux ans, les avait broyés en une succession rapide d'élans de tendresse.

Ce fut ensuite le tour de Loreto, le petit perroquet vert que m'avait apporté sainte Lucie[1]. J'avais l'habitude de le libérer dans ma chambre pendant que je faisais mes devoirs, et il venait se poser sur mon épaule, me touchait la joue de son bec. Un après-midi où la dénommée Fantini – une camarade de classe que je n'avais pas l'habitude d'inviter parce qu'elle me demandait toujours de lui montrer ma poitrine – était chez moi, on avait sonné à l'interphone pour annoncer qu'il

1. Dans certaines régions d'Italie, en particulier en Vénétie, une tradition remontant au XIIIe siècle veut que sainte Lucie, montée sur un petit âne, apporte des cadeaux et des douceurs aux enfants sages dans la nuit du 12 au 13 décembre.

y avait un perroquet écrasé sur le trottoir. Un adolescent maigre et boutonneux nous l'avait ramené sur un bout de carton et avait dit : « Quel est le couillon qui lui a attaché les ailes et l'a jeté du balcon ? » Il n'y avait pas de sang et sa tête semblait entière, mon doigt tremblait tandis que je le caressais. La dénommée Fantini étouffait des rires. Elle affirma que ce n'était pas elle, mais dès lors je ne lui ai plus jamais adressé la parole.

Vinrent enfin les hamsters. Glouton I et Glouton II avaient péri de mort naturelle. Glouton III (doté lui aussi d'un pelage couleur noisette, d'yeux noirs et d'un petit cul rampant) fut le premier de la dynastie auquel nous décidâmes d'offrir une compagne. Un dimanche, mon père nous accompagna à l'étal de la piazza delle Erbe et nous achetâmes Gloutonne : une femelle blanche aux yeux rouges de cobaye.

Tous deux donnèrent naissance à quatre minuscules hamsters roses et aveugles, semblables à des porcelets en miniature. Nora et moi avions pris l'habitude de leur ouvrir la cage pour les regarder explorer la maison, leurs petites pattes glissant sur le carrelage étincelant. Un jour, nous les perdîmes de vue et les retrouvâmes le lendemain matin, les pattes en l'air, sous le lit de nos grands-parents. Ils s'étaient empiffrés de caoutchouc-mousse et étaient morts, étouffés.

Seul Glouton III avait survécu, mais il avait cessé de courir dans sa roue. Il refusait même les bonbons à l'anis en forme de chiffre dont il avait toujours raffolé et que nous lui offrions pour voir les angles se dessiner dans ses bajoues.

Un matin, Nora et moi découvrîmes à notre réveil que la cage avait disparu. Nous harcelâmes papa jusqu'à ce qu'il admette qu'il avait libéré son occupant dans un pré parce qu'il souffrait de solitude : pour sûr, à l'heure qu'il était, il avait rejoint une famille de mulots. Peu après, je descendis dans le garage chercher mon vélo ; mon regard tomba sur une boîte à chaussures posée, sans couvercle, sur un tabouret. À l'intérieur, sur un lit de coton sale, gisait Glouton III, mort et ratatiné, ses inutiles petites dents bien en vue. Les courses dans les champs, tu parles ! Mon père fut contraint d'avouer que Glouton III était, en effet, mort de chagrin, et qu'il n'avait pas eu le courage de nous l'annoncer.

Je me suis réveillée, le souffle court, comme catapultée sur mon lit. Je ne savais plus où j'étais. Puis j'ai entendu papa ronfler de l'autre côté de la cloison. Il ronfle comme s'il agonisait, en tressaillant, et pourtant l'entendre m'a rassurée.

La nuit, quand mamie était malade, elle venait s'asseoir dans le fauteuil à bascule de ma chambre. *Gnic gnac, gnic gnac, gnic gnac.* En ouvrant les yeux, je découvrais ses prunelles noires et distantes. Je hurlais. Depuis combien de temps m'observait-elle ? Impossible de le dire. Elle avait le teint jaune et portait une chemise de nuit rose. De fait, elle a été hospitalisée peu de temps après.

« L'veut pas, l'veut pas, déclarait le père Felice quand il passait à la maison en rentrant d'une visite. L'veut pas. Y a pas moyen, l'veut pas. »

« J'veux pas ! J'ai dit qu'j'veux pas, père Felice. Non, non ! J'veux pas ! » lui lançait mamie en tournant la tête de l'autre côté.

« Mais qu'est-ce que mamie ne voulait pas ? ai-je demandé un jour à maman.

– Mourir », m'a-t-elle répondu.

J'attrape par terre une des bouteilles d'eau dont mon père a dévissé le bouchon et bois à longues gorgées (« J'suis aridifiée », déclarait ma mère lorsqu'elle était prise d'une grande envie de boire, et je l'imaginais ramper dans le désert). Ces derniers jours, je me suis levée uniquement pour aller à tâtons à la salle de bains. Je me recouchais le plus vite possible et, une fois les yeux fermés, tombais dans un monde visqueux et palpitant, rose et rouge. Je voyageais dans mon corps, et le paysage m'effrayait.

D'une main, je cherche mon livre sous le lit, mais les mots refusent de rester alignés : voilà ce que signifie « dysfonctions cognitives », l'un des effets collatéraux du traitement.

Alors je le pose, ouvert, sur mon ventre, éteins la lampe de chevet et regarde l'ombre du platane que la lune projette sur le rideau. J'ai l'impression d'entendre le capitaine du voilier et Ransome, le cuisinier, murmurer sur le pont : « Ce calme plat ne durera pas éternellement. » Et : « Maudit soit celui qui a vendu la quinine. »

Ils ont veillé sous mon lit pendant que je délirais.

À présent, j'ai faim : ces derniers jours je me suis contentée de boire. De temps en temps, une main me soulevait la tête et une orange pressée, ou un jus de fruit, se matérialisait sous mon nez, tel le sein devant les yeux d'un nouveau-né. Je n'ai mangé qu'un seul véritable aliment : le morceau de grana padano que mon père m'a apporté hier soir, enveloppé dans une serviette. Assis au bout du lit, il m'a regardée grignoter ce bout de fromage, les yeux fermés.

Je décide d'aller me servir dans le réfrigérateur. À travers la porte entrouverte de la chambre de mon père, me parvient un ronflement digne d'un ogre : demain, il ne pourra pas dire qu'il n'a pas dormi.

Je descends l'escalier, les jambes molles – une marche à la fois, toujours du même pied –, en m'agrippant à la balustrade.

Le salon est plongé dans l'obscurité, mais je préfère ne pas allumer la lumière : je n'ai pas envie de voir cette étendue de marbre. La porte coulissante du petit salon est bloquée, ce qui m'oblige à faire le tour pour me rendre à la cuisine. Je suis les contours du bahut jusqu'à la porte du couloir, au bout de la salle à manger. Nora le surnomme « le couloir de Barbe-bleue », parce qu'il y a là quatre pièces que mon père ferme toujours à clef : la lingerie, la chaufferie, la cave et l'ancienne chambre de papy, mort six mois après notre emménagement. S'il les verrouille, c'est parce qu'elles donnent sur l'arrière, il a peur qu'un intrus enjambe la murade et s'introduise dans la maison après avoir traversé le jardin. Chacune a sa clef dans la serrure, à l'exception de la dernière – l'ancienne chambre de papy. Après sa mort, mon père a remplacé le lit par une table et un fauteuil de bureau. Il y a apporté les mallettes contenant ses papiers et a rempli l'armoire de vieux dossiers du magasin, qu'il a brûlés peu à peu dans la cour. Au bout d'un moment, il y a ajouté une bibliothèque et un bahut. Sur la table est apparue la lampe de banquier à abat-jour en verre de couleur verte, qu'il avait achetée après en avoir vu un exemplaire sur le bureau d'un avocat ; maman s'était moquée de lui pendant un bon moment, déclarant qu'il voulait se donner de grands airs.

Après la mort de maman, mon père a pris l'habitude de s'y réfugier. Marina nous a confirmé qu'il y passe tout son temps lorsqu'il n'est pas dans le jardin ou dehors, au volant de sa voiture. Elle n'est pas autorisée à y entrer, pas même pour la nettoyer : personne n'a le droit de toucher à quoi que ce soit. Seule Alice y est admise. Papa et elle y disparaissent des après-midi entiers, au point que Nora est obligée d'appeler sa fille plusieurs fois au moment de partir ; enfin, la petite ressurgit, la bouche couverte de chocolat.

Mue par je ne sais quel instinct, je pose la main sur la poignée et sursaute presque alors que la porte s'ouvre. Je tends l'oreille : pas de bruit à l'étage. Je me faufile à l'intérieur en retenant mon souffle. Étrangement, mon père s'est abstenu de fermer les volets, et la pièce baigne dans la lumière argentée de la lune ; les meubles et les objets semblent vibrer de solitude.

En franchissant un seuil invisible, j'atteins le bureau, devant la fenêtre. Je m'assieds dans le fauteuil et promène les doigts sur le fil de la lampe, à la recherche de l'interrupteur. Un ovale de lumière jaune éclaire le dessus, recouvert d'un tissu vert, probablement celui sur lequel papa et maman jouaient au poker avec Viero et Cristiana, le samedi soir. Près du pied de la lampe, repose une boule en verre, une de ces boules dans lesquelles la neige tombe quand on les secoue. Sur la droite, en revanche, sont soigneusement alignés des stylos du genre roller-ball 0.5 – trois noirs et un rouge –, un crayon à papier, un feutre bleu, un surligneur rose, une paire de ciseaux, un stick de colle, un petit rouleau de papier adhésif blanc, une gomme, un taille-crayon, une règle. À gauche, une pile de livres et un bloc de post-it jaunes. Je caresse le tissu et observe cet espace vide, éclairé, j'imagine une feuille blanche en son centre. Je sens une présence. Je lève les yeux vers la fenêtre : assis de l'autre côté de la table, l'Éternaute me scrute.

Mon père et moi lisions les « illustrés » : *Lanciostory*, *Intrepido*, *Skorpio*, *Il Monello*[1]. Nous les lisions en cachette à cause des

1. *Lanciostory*, publié depuis 1975, et *Skorpio* (depuis 1977 par le même éditeur) sont des magazines de bandes dessinées en grande partie consacrés aux auteurs sud-américains ; plus anciens, *Intrepido* (1935-1998) et *Il Monello* (1933-1990) visent un public plus jeune, d'enfants et d'adolescents.

images de femmes à moitié nues qui s'étalaient parfois sur leurs couvertures. Quand maman en dénichait un exemplaire oublié aux toilettes ou sous le lit, elle prenait un air dégoûté et nous regardait comme si nous étions des dépravés. Papa et moi n'entretenions aucune complicité à ce sujet ; du temps de mon adolescence, nous ne nous adressions pratiquement pas la parole. Chacun achetait ses illustrés et les cachait dans un endroit secret ; lui, sous ses chaussettes, dans le tiroir de sa table de nuit.

Nous allions au kiosque le dimanche matin, après la messe. J'achetais *Confidenze* et *Intimità*[1] pour ma grand-mère et, avec la monnaie, *Il Monello* pour moi. Un jour, je fus frappée par l'image d'un homme revêtu d'un scaphandre qui me lançait un regard halluciné, alors que la neige tombait autour de lui. Je me penchai pour attraper le magazine et, sous les yeux vigilants du kiosquier, commençai à le feuilleter. L'histoire mettait en scène un auteur de bandes dessinées, assis à un bureau, près d'une fenêtre ouverte sur la nuit. Un grincement sur la chaise qui lui fait face l'interrompt dans son travail. Une ombre prend forme, de plus en plus clairement. C'est un homme. Ou un fantôme ? L'écrivain tâte ses vêtements : ils sont concrets, mais taillés dans un matériau inconnu. Le visiteur ouvre les yeux, l'observe, puis embrasse d'un regard la pièce, les livres, les meubles. Enfin il interroge : sommes-nous sur Terre ? Le scénariste acquiesce, et l'homme – Juan Salvo – lui raconte qu'une étrange chute de neige – phosphorescente, bleutée – a tué les passants dans la rue. Elle l'a surpris en compagnie de collègues scientifiques, une

1. Hebdomadaires féminins à caractère sentimental, tous deux fondés en 1946.

nuit où ils jouaient aux cartes à son domicile. Le groupe a réussi à fabriquer un scaphandre et il est lui-même parti en exploration. Tandis qu'il s'éloignait sous la neige, il s'est retourné pour regarder sa femme et ses filles, à la fenêtre, et s'est demandé s'il les reverrait un jour.

C'était dans *Lanciostory*, et il s'agissait là du premier épisode de *L'Éternaute*, « le vagabond de l'infini », d'Héctor Oesterheld et Francisco Solano López. Les deux Argentins s'étaient montrés visionnaires en créant cette histoire dans les années 1950 : elle semblait décrire le drame des *desaparecidos*.

J'ignorais tout de l'Argentine, mais cette intrigue avait résonné en moi pendant un certain temps.

Juan Salvo me sourit, extraterrestre, de l'autre côté du bureau. Si, de nombreuses années durant, mon père et moi nous sommes conduits comme des étrangers, nous avons peut-être été intimes dans une autre dimension : il est fort probable que nous ayons partagé sans le savoir, dans nos magazines en double, cette blême histoire de neige.

L'Éternaute s'est évanoui, m'abandonnant à la table éclairée. D'un doigt, je parcours le dos des livres et découvre : un manuel de grammaire italienne, deux tomes d'une encyclopédie pour adolescents, un almanach de 1954 et… *Ne jamais toucher au réservoir*[1], mon recueil de nouvelles ! Je m'en saisis et l'ouvre par curiosité : mon père a souligné quelques phrases. Je m'appuie contre le dossier afin de les lire, quand j'aperçois deux revues sur une étagère placée sous la table. Non, ce ne sont pas des revues, ce sont deux gros cahiers : la couverture de l'un affiche l'image d'un zèbre et, en haut à droite, le

1. Allusion à un vers d'Emily Dickinson.

numéro 25 ; l'autre exhibe une émoticône jaune qui rit sur un fond vert, ainsi que le numéro 24 bis. Je les feuillette : l'écriture pansue et régulière de mon père recouvre des pages entières, remplissant aussi les marges.

Je cherche le début du cahier au zèbre :

« … je l'observais pendant qu'il me versait un liquide rouge dans lequel il fit gicler de l'eau de Seltz il avait changé il était plus émacié amaigri un peu moins arrogant. Il faut que vous me disiez un truc me lança-t-il après s'être assis il me regarda fixement à son tour j'écoute l'incitai-je puisqu'il ne se décidait pas il faut que vous me disiez où se trouve Milena. »

Que le Ciel m'enfoudroie si ce n'est pas un roman !

Et mon père est si inspiré qu'il ne prend même pas la peine d'entamer son cahier par une phrase entière. Qui est le narrateur et qui est Milena ?

Je balaie du regard l'armoire, la bibliothèque, le coffre… Les compartiments du bahut ! J'avance avec le fauteuil jusqu'au meuble et, après avoir respiré profondément, ouvre les deux battants centraux. Les voici, divisés en deux piles régulières. Il doit y en avoir une cinquantaine, au moins. Je m'empare d'une pile, que je pose sur mes genoux : c'est lourd. Cela représente du temps. Une montagne de temps. De la discipline. Et de l'inspiration, me dis-je avec un brin de jalousie.

Je n'arrive pas à en croire mes yeux : les seules fois où j'ai vu mon père armé d'un stylo, il remplissait des chèques ou rédigeait des bordereaux au magasin en hochant la tête comme un oiseau qui picore. Il a arrêté ses études à la fin de l'école primaire. J'attrape le cahier placé à la base du tas – un Quablock rouge à lignes. En bas à droite, au stylo Bic noir, figure le numéro 1 et, au centre, tracé au marqueur vert sur une étiquette blanche, le titre : *Un homme chanceux*.

Je descends à la cuisine, où je découvre Nora, une jatte dans les mains, et Alice, à genoux sur une chaise, qui coupe des pommes en tranches sur une planche à découper.

« Oh, tu ne pouvais pas rester encore un peu au lit ?

– Alice ! la gronde Nora.

– Papa ? dis-je.

– Mystère ! Il n'était pas là quand nous sommes arrivées. Sa voiture aussi a disparu.

– Tatie, tu ne pourrais pas retourner dix minutes dans ta chambre ? »

Alice s'adresse à moi de derrière le rideau de ses cheveux, un couteau à la main. Elle porte une petite tunique sans manches en jersey noir.

« Arrête, tu es désagréable ! » lui lance Nora.

Je rétorque : « J'ai faim.

– Il suffisait d'une demi-heure, tatie, d'une demi-heure ! Tu serais entrée dans la cuisine et tu aurais dit : "Quelle est donc cette bonne odeur ?" Je t'aurais souri et tu te serais approchée du four. Tu aurais regardé à l'intérieur et tu aurais dit : "Un gâteau aux pommes ? Vraiment ? Un gâteau aux pommes pour moi ?" »

Je l'étreins par-derrière.

« Vraiment ? Un gâteau aux pommes *pour moi* ? »

Je le dis en lui mordillant le cou. Elle se démène, pour échapper aux chatouilles.

« Elle a un couteau dans la main ! Vera ! » hurle Nora.

Je m'interromps. Alice me dévisage, tout ébouriffée, puis pose son couteau et ramène mon turban sur le côté. « Et maintenant, disparais ! »

Je lui souris et m'engage dans le couloir de Barbe-bleue.

« Si tu vas faire des mots croisés, ouvre la fenêtre après ! » me lance-t-elle encore.

En passant devant le bureau de papa, j'essaie d'actionner la poignée : la porte est fermée à clef.

Quand, une petite heure plus tard, je réapparais sur le seuil de la cuisine, le gâteau repose sur la table, à côté d'un paquet marron et doré de la pâtisserie de Quaderni. Des voix s'élèvent du jardin. Je vais dans la véranda et les aperçois, au fond du jardin, tous les trois penchés près de la haie de troènes, derrière le platane.

« Vise donc c't'abruti ! s'exclame mon père. Pour sûr, l'est débile !

– Tatie, viens voir ! »

Je les rejoins en traînant les pieds au milieu de l'herbe haute.

« Vous avez décidé de le manger pour le dîner ?

– Mais non, tatie ! Papy en a acheté un autre !

– Oui, mais l'est débile », précise mon père.

Au même moment, un lapin blanc jaillit de la haie en me frôlant la cheville et traverse la pelouse, poursuivi par le noir.

« Où est-ce qu'il va ? s'écrie Alice.

– Jamais vu un lapin plus cornichon…

– Il n'est pas stupide, papa. Il a peur. »

Nora est intervenue. J'interroge :

« Où tu l'as trouvé ?

– Dans une animalerie qu'a ouvert sur la grand-place. J'ai dit à la dame que j'voulais un lapin blanc, j'ai pensé que ce serait bien d'en avoir un noir et un blanc. Et puis pour Toni aussi, pour qu'il ait d'la compagnie. Oh, y voulait pas sortir d'sa cage. La dame a dû l'en tirer d'force. L'a fini par sauter et s'cacher derrière une rangée d'cartons. Un vrai lion.

– Lion ! Et si on l'appelait comme ça ? » s'exclame Alice.

Mon père secoue la tête : « Un lapin aussi cruche... J'l'ai lâché ici en pensant : c'te pelouse, ces haies, ces fleurs... c'est un paradis pour un lapin. J'm'attendais à un peu plus d'enthousiasme. Au lieu d'ça, l'est sorti quand j'ai ouvert la porte, puis l'est resté planté là, l'andouille ! J'ai pensé qu'il se ressaisirait à la vue d'l'autre. Tu parles ! L'a filé de l'aut' côté.

– Il était peut-être attaché à la dame, dis-je.

– Et l'aut' ? Aucune curiosité, fout'ment rien !

– Si ça se trouve, Toni est fumasse parce que son territoire est envahi », hasarde Nora.

Mon père fait claquer sa langue en signe d'agacement.

« Vous commencez à m'gonfler, avec votre sycologie d'lapins !

– Papy, on va voir où ils sont allés ?

– Oui, allez, prends l'fusil. On en f'ra du sauté », répond mon père en posant la main sur l'épaule d'Alice.

Tous deux se dirigent à petits pas au fond de la cour, vers la haie à l'intérieur de laquelle les lapins ont disparu.

« Comment vas-tu ? interroge Nora.

– Comme Lazare. Je suis encore un peu nauséeuse.

– Papa m'a dit que tu as mangé, hier soir. Un risotto aux petits pois avec un peu de stracchino, ça t'irait aujourd'hui ?

– Nora. »

Elle s'immobilise et me dévisage.

« Quoi ?

– Tu as changé de monture de lunettes ?

– Non.

– Tu as quelque chose de nouveau.

– Non, rien.

– Mon oncologue dit que je devrais faire le test BRCA. »

Elle secoue la tête. Je continue :

« Pour voir s'il y a eu une mutation génétique. D'après elle, cette tumeur est la photocopie de la première. Il est probable que ce soit aussi la même que celle qu'a eue maman. »

Nora pince les lèvres.

« Et toi, tu veux le faire ?

– Elle dit que le savoir pourrait rallonger ma vie. On peut procéder à l'ablation des organes cibles.

– Qu'est-ce que c'est que ce langage ?

– Ce n'est pas le mien. C'est celui de Violazzi. Elle dit également que nous avons encore de nombreuses cordes à notre arc et que, dans le pire des cas, je deviendrai une femme bionique.

– Tu l'as envoyée chier ? »

Je n'arrive pas à soutenir son regard.

« Si le test était positif, à cinquante pour cent, nous toutes… Mais tu peux aussi décider de ne pas le faire. En fin de compte, il s'agit de pourcentages, c'est la même logique que celle des jeux de hasard. »

Alice vient vers nous en souriant, le lapin blanc dans les bras.

« J'ai l'impression d'être un oiseau de mauvais augure. Ou un paratonnerre. Ça dépend des moments », dis-je.

Nora pose une main sur mon épaule.

« Moi, je ne veux pas savoir », conclut-elle.

« Écoutez, qui de vous est capable d'faire démarrer c'truc ? »

Nora lave la vaisselle et je bois du café d'orge, à table. Nous nous dévisageons. Depuis la fin du déjeuner, mon père est penché, fesses en l'air, sur le magnétoscope, autour duquel il s'affaire en sifflant des malédictions. Nora montre ses mains dégoulinantes. Bonne excuse.

« P'tiotes ! » s'exclame papa.

Je m'agenouille à côté de lui.

J'écarte le meuble à roulettes et jette un coup d'œil derrière. Il n'y a là qu'un enchevêtrement de fils. On entend les dribbles d'Alice, qui s'amuse à marquer des paniers dans la cour, et le cliquetis des assiettes dans l'évier. Les mâchoires de mon père vibrent.

« J'ai dit mille fois à Marina d'pas nettoyer derrière, elle débranche tout et r'branche au pif. »

Je m'assure que la fiche est bien enfoncée dans la prise et que les connecteurs des câbles sont insérés dans leurs trous ronds.

« Ça m'a l'air bon. Il y a une cassette dedans ? »

Mon père hoche la tête énergiquement. Je presse *start* : pas de résultat. *Rewind*.

« Non !!! » s'écrie-t-il.

Je sursaute, puis pose une main sur mon cœur. « Papa ! »

Une assiette entre les doigts, Nora grimace pour réfréner ses rires.

« Faut pas toucher c'bouton. L'a rien à voir là-d'dans !

– Peux-tu te calmer, papa ? Ce n'est que le *rewind*.

– Le quoi ?

– Je rembobine la cassette, papa. Elle était arrivée à la fin. Je la remets au début. »

Il soupire, peu convaincu. La cassette se rembobine dans un bruissement sonore, puis s'arrête. Je presse de nouveau *start*. Sur l'écran noir apparaît bientôt cette même cuisine, toute tremblante. Maman, Walter. Filmés à leur insu. Ils ont quitté le magasin pour venir déjeuner, maman a préparé un risotto au *tastasal*[1]. Mon père est absent.

Nora me lance un regard effrayé ; les mains sur la bouche, elle secoue la tête en signe de négation. Cette vidéo est une plaisanterie : nous avions placé la caméra sur la télé et l'avions actionnée en cachette. Cela avait fait enrager maman, qui refusait d'être filmée. À genoux devant l'appareil, les mains entre les cuisses, je regarde Walter, le commis-voyageur le plus âgé de l'entrepôt – emporté par un infarctus il y a quatre ans –, tambouriner de ses couverts sur la table en racontant en dialecte padouan, avec force gestes, comment, pour arrêter le cheval emballé du voisin, il s'est pendu à son encolure et comment l'animal l'a projeté contre la grille.

Rires.

« Oh, r'garde qui s'pointe », dit papa qui, tout content, est retourné s'asseoir à sa place.

Me voici moi aussi sur l'écran, avec dix ans de moins et plus mince. Je m'approche de la cuisinière, remplis mon assiette. J'écoute et je souris. Ma mère me demande de lui passer la cannelle. J'ouvre le placard, mon visage disparaît.

1. Spécialité de Vérone, mélange de chair à saucisse, de sel, d'ail et de poivre en gros grains concassés.

« Tu veux vraiment tout voir ? » dis-je à papa.

Il garde le silence. Ma sœur s'est assise à son tour, un couvercle à la main, le torchon mouillé sur l'épaule, captivée.

« Je vais aux toilettes. »

À mon retour, les personnages de la vidéo mangent le risotto. Ma mère est assise à côté de moi, son bras gonflé par le lymphœdème bien en vue. En face de nous, se trouvent maintenant mon père, qui remplit les verres avec jovialité, et Nora avec son gros ventre. En bout de table, Walter gesticule : « Lui, l'Zeno, l'était à l'ospidal avec une pleursie, et moi, tous les jours à cinq hores du matin, j'allais chercher Anita pour charger la marchandise dans les Marches. Passe que j'avais découvert d'puis peu qu'les banques en avaient rien à fout' qu'y soit malade. » Ma mère ricane en massant son gros bras ; mon père acquiesce, la tête baissée, en mâchant une fourchette de riz.

« Papa », dis-je.

Il est assis à la même place que dans la vidéo, il regarde la télé, la tête penchée sur le côté, les mains croisées sur la table. Les yeux luisants. Un instant, tout le monde nous observe sur l'écran, y compris cette version périmée de moi-même et Nora, en proie à un fou rire. Suit une longue séquence noire, tremblante. Dans la même position, mon père se mord la lèvre. Personne ne pipe mot.

Enfin, il soupire et secoue la tête : « C'est fou comme l'monde s'défait… »

J'ai évité ma chambre toute la journée et alors que j'y remets les pieds, après le dîner, je suis assaillie par la mauvaise odeur de transpiration et de renfermé qui y flotte. J'allume la lumière et découvre, stupéfaite, les draps et le plaid écossais en boule, les bouteilles d'eau vides par terre. Une photo trône sur l'oreiller, sans doute déposée là par Nora. Dans l'après-midi, elle est montée à l'étage, munie de sa trompette, et nous l'avons oubliée ; pour sûr, elle a pris la boîte verte.

J'ouvre tout grand la fenêtre et contemple les branches robustes du platane qui se découpent, presque noires, sur le ciel encore strié d'orange. Je m'assieds ensuite sur le lit et examine la photo. C'est un polaroïd un peu pâli. On y voit maman, mamie Bruna et moi ramassant des « pissaulits » dans un champ, le soleil en plein visage. Maman, je me le rappelle, avait vu ce cliché chez tonton Ettore, un dimanche, à la fin des années 1970, et lui avait demandé de le lui prêter pour en faire une copie, avec une poignée d'autres photos envoyées d'Éthiopie par papy. Celle-ci, nous avait-il dit, remontait à l'époque où papa était hospitalisé pour une pleurésie et où l'on pensait qu'il ne s'en tirerait pas – le printemps 1975, donc. Tonton était venu à la maison avec mamie et nous avait proposé d'aller ramasser des pissaulits pour nous distraire.

Me voici au premier plan, accroupie, un petit panier en plastique bleu à moitié plein au bras, les cheveux sur le visage. Je serre dans la main gauche un couteau ; dans la droite, un bouquet de pissenlits. Quelques pas plus loin, maman se tient debout dans un jean à pattes d'éléphant, les boucles de sa permanente ébouriffées par un coup de vent. Elle porte de grosses lunettes noires et a les yeux rivés au sol, comme si elle avait perdu un objet. Derrière elle, un peu décalée sur la gauche, penchée sur le côté, mamie Bruna : toute de noire vêtue, ses cheveux blancs tirés sur la nuque, corpulente. La tête levée, elle scrute la portion de champ comme si elle avait vu passer quelque chose dans l'herbe haute, devant elle.

Les trois silhouettes, proches mais isolées, semblent collées sur un ciel vaste, ridé de nuages.

Maman se laissait embrasser, mais n'embrassait pas. Elle racontait toujours en riant que mamie avait l'habitude de poursuivre ses deux filles – Delmina et elle – en agitant un ramel de saule. Intrépide, Delmina, la cadette, se retournait pour attendre et, quand maman lui criait de se sauver, elle répondait : « Lasse-la m'zigouiller. »

Jamais vu mamie Bruna sourire une seule fois. Jamais de baiser ni de caresse. Mais, une nuit où j'étais malade, elle m'est apparue en rêve et elle posait sur moi un regard tendre.

Il existe une photo de ma mère à dix mois, assise sur une chaise en osier. Elle est datée d'août 1937. Il est écrit au dos : « C'est ta fille Anita, si tu ne reviens pas elle ne pourra pas connaître son père. »

Ma grand-mère comptait l'envoyer en Éthiopie à son mari – papy Osvaldo. C'est de lui que ma mère a hérité son nez tordu et son désir de partir ailleurs.

Je n'ai jamais passé plus de vingt-quatre heures en tête à tête avec ma mère. Les trois moments d'intimité dont je me souvienne sont des moments de complicité lors d'une fugue.

Premièrement, alors que j'ai quatre ou cinq ans, je suis assise à côté d'elle dans sa Fiat 500 bleu pâle, par un chaud après-midi de printemps – odeur des cigarettes Muratti et de ses jambes en nage dans les bas de nylon. Elle se dirige vers la ville et, tout en parcourant le vieux viaduc, m'indique des tunnels en plastique, en bas à sa droite, en disant : « Regarde, il y a des fraises là-dessous. »

Deuxièmement, je me suis cassé la jambe à la montagne et, pour la première fois, j'ai dormi toute seule à la maison avec maman, les autres étant restés là-haut en compagnie de mes grands-parents. Par cet après-midi d'août, nous sommes allongées dans le grand lit, les volets roulants à moitié baissés. J'ai des démangeaisons sous le plâtre ; elle me gratte avec une aiguille à tricoter, puis se met à lire une revue. Soudain, une clef tourne dans la serrure, des pas et des voix retentissent dans le couloir : ils sont rentrés une semaine plus tôt que prévu. Ma mère me jette un regard effaré. La poupée sioux que mamie m'a apportée ne me dédommagera pas de cette perte.

Troisièmement : elle s'est disputée avec mon père et elle a quitté la maison en claquant la porte. Je vais la chercher en voiture et découvre qu'elle s'est réfugiée dans le magasin. Je dois insister lourdement pour qu'elle accepte de m'ouvrir. Il est tard, ce soir-là. Elle monte l'escalier des bureaux dans le noir, puis m'appelle depuis les toilettes. Elle contemple derrière la fenêtre la pelouse de la centrale électrique, éclairée par des réverbères orange. « Regarde », me dit-elle tout bas. Des dizaines de lapins blancs et noirs courent dans l'herbe.

La ressemblance physique entre ma mère et moi est de plus en plus frappante au fil des ans. À présent, cette probable maladie génétique aussi me lie à elle et aux femmes de la branche maternelle de ma famille : un fil rouge qui remonte de génération en génération et s'entortille au doigt d'inconnues qui se changent soudain en compagnes. C'est le cas d'Ines, par exemple, sœur de mamie Bruna, emportée par un cancer du sein à l'âge de quarante-huit ans.

Franco mange une glace, entièrement penché en avant sur le banc, les manches de sa veste en lin retroussées ; il s'est sali jusqu'à la barbe. Les bancs à l'ombre du jardin de San Zeno sont tous occupés – vieillards en compagnie d'aides à domicile, un jeune couple qui s'embrasse passionnément. Franco le regarde.

« Flirter, ça se dit encore ? »

Je lui réponds d'un haussement d'épaules.

Un battement d'ailes nerveuses nous évente le visage ; un instant plus tard, une dizaine de pigeons au cou irisé et aux yeux rouges trottinent autour de nous en picorant les miettes. Franco donne un petit coup de pied dans le gravier pour les éloigner, puis me tend le cône contenant un reste de crème glacée.

« Allez ! »

Je grimace et accepte. Je commence à le grignoter.

« Je ne vois pas pourquoi tu as refusé d'en prendre une. Tu as besoin de compensations !

– Il prétend que le cancer aussi aime le sucre.

– Et toi, tu lui as donné trois cents euros. Tu aurais pu au moins lui demander une facture !

– Il m'en aurait réclamé quatre cents. »

Franco souffle par le nez et se tourne vers la rue, avant de ramener le regard vers moi.

« Et tu le prends au sérieux lorsqu'il te dit que tu ne peux pas manger de glace ? Ce sont des conseils de dentiste. Pourquoi tu n'écoutes pas mes conseils à moi ? Je suis médecin.

– Orthopédiste.

– Eh bien, je saurais le faire dégager, tout tordu. »

Je le gratifie d'une bourrade moqueuse.

« Trois cents euros ! Comment il s'y est pris ? »

Je le lui montre une nouvelle fois : je fais mine de lui ôter trois billets imaginaires des mains, de les rouler en cylindre et, les yeux rivés sur les siens, de les glisser dans la poche de ma chemise.

« Quel salaud ! commente-t-il en tournant le regard vers le tilleul, comme s'il ne pouvait pas supporter ma propre vue pendant que je raconte. Tu ne retourneras pas chez ce type.

– Je dois y aller pour les piqûres !

– Tu imagines trouver quelqu'un qui te dira que tu peux te passer de chimio ? Tu peux faire une croix dessus ! »

D'un signe, je l'invite à baisser le ton.

« Pourquoi ?

– Les gens pourraient croire qu'on se dispute.

– C'est peut-être le cas. »

Il regarde un enfant passer à toute allure sur un tricycle.

« Qu'est-ce que tu racontes, bordel ? » lui dis-je.

Il écarte les bras.

« Alors pourquoi je me sens aussi furax ?

– Il suffit que tu ne sois pas furax contre moi.

– Je sais pourquoi : tu es malade et tu vis chez ton père, une personne âgée, déprimée, qui a des problèmes de santé.

Il n'est même pas certain que vous puissiez vous secourir mutuellement en cas d'urgence.

– Nous t'appellerons, et tu auras une crise de panique. »

Il sourit. « Quelle enfoirée.

– Alors, c'est vrai, on se dispute ! »

Sur le banc d'en face, la fille aux cheveux roses et à la nuque rasée s'est assise à califourchon sur le garçon. Ses mains s'affairent autour de son visage : il se peut qu'elle lui presse un bouton.

« Tu sais très bien pourquoi je ne me suis pas installée chez toi. Et puis je ne veux pas que notre relation se transforme en société de secours mutuel.

– Je comprends maintenant pourquoi je suis furax. »

Je pose une main sur son genou.

« En attendant, je dors chez toi, ce soir, non ?

– Je veux être toujours présent, y compris quand tu vas mal. »

Je lui caresse le ventre. Il le tâte à son tour.

« Regarde ce bide, dit-il. Il n'arrête pas de grossir. Tous mes vêtements me serrent.

– Nous sommes devenus deux gros lards. »

Il éclate de rire. Je m'aperçois que ses rires subits me manquent.

« Mais oui, déclare-t-il. Mais oui. Il arrivera ce qui arrivera. »

Il me prend la main et me masse les articulations comme s'il égrenait un chapelet.

« De toute façon, ça ne concerne pas que nous, dis-je au bout d'un moment. C'est aussi pour mon père. Je sens qu'il s'agit là d'une occasion. Lui, tu sais… il fait son bilan.

– Comme nous tous.

– Oui, mais lui, il ne le fait pas avec des chiffres. Il a écrit une histoire. Une longue histoire sur un tas de cahiers. »

Franco pose ma main sur sa cuisse et me dévisage. « Et tu sais comment il l'a intitulée ? *Un homme chanceux.*

– Je croyais qu'il était persuadé d'être le type le plus guignard de la terre !

– Ce ne sont pas des mémoires. C'est... de la fiction.

– Tu l'as lue ?

– Impossible ! Ses cahiers se trouvent dans une pièce fermée à clef. Je me suis contentée de les feuilleter rapidement, une nuit.

– Ne te fais pas d'illusions. C'est dans la solitude qu'on règle ses comptes avec ses parents, ses frères et sœurs, ses amours. Ton père restera toujours un mystère pour toi.

– Tu sais combien j'avais peur de retomber malade. J'avais tellement peur que j'ai été soulagée quand c'est arrivé.

– Je n'ai pas l'impression que les choses se soient vraiment passées comme ça.

– Non. Bien sûr que non. Ce que je veux dire, c'est que la maladie est un point, et la mort une virgule.

– Je ne comprends pas.

– Un point, c'est l'occasion de retourner en arrière et de tout relire en espérant que cela ait un sens. La mort, elle, c'est une virgule : temps écoulé et remise de la feuille de papier, la phrase reste en suspens.

– Bah !

– Papa et moi, on se donne une chance, Franco. C'est un truc entre deux personnes qui font leur bilan, tu comprends ?

– Non. Mais si c'est ce dont tu as besoin, Vera, ça me convient. »

Je soupire et me tourne vers la piazza della Basilica.

« Qu'est-ce qu'il veut, ce type ? »

Un gros homme blond marche tout droit dans notre

direction. Il s'arrête devant nous. Il a une balafre mal cicatrisée sur la joue, un regard vague d'ivrogne.

« Bonjour », dit Franco.

L'homme garde le silence. Il sent l'alcool et, malgré ses vêtements sales, semble sortir de la douche.

« Peut-on faire quelque chose pour vous ? »

Il recule de quelques pas en titubant, nous montre les paumes de ses mains, puis avance de nouveau vers nous.

« Franco.

– Ne t'inquiète pas. »

L'homme me dévisage. Il a les yeux très bleus, et sa cicatrice est rouge vif.

« Parlez ! lance-t-il. Dites-moi quelque chose !

– Tu veux parler ?

– Ici, on ne parle jamais à personne.

– D'accord. Comment t'appelles-tu ?

– Daniel.

– Enchanté. Moi, c'est Franco. »

Il lui tend la main. L'homme la regarde puis la serre. Après quoi il se tourne vers moi et indique mon turban.

« Qu'est-ce qui t'est arrivé ? Tu es malade ?

– D'où viens-tu ? interroge Franco.

– Je suis roumain, de Bucarest. J'ai une maison là-bas. Ici, je vis dans la rue, tu vois ? J'ai une voiture, mais je ne peux pas la conduire parce qu'on m'a retiré mon permis. »

D'un geste, il indique la place.

« Tu n'as pas peur de vivre dans la rue ?

– Parfois. Mais je n'ai pas peur des autres. De Dieu non plus. Moi, je n'ai peur de personne. Je n'ai peur que de moi, tu vois ? »

Il abat violemment le poing sur son estomac.

« Doucement, tu vas te casser les côtes ! s'exclame Franco.

– Ça, c'est mon banc.

– C'est ton banc. Tu aurais pu le dire tout de suite. On s'en va. »

Il se lève et tend le bras pour m'aider. Le type le lui attrape.

« Hé ! Donne-moi cinquante euros ! Je dois envoyer de l'argent à mes enfants, ça fait deux mois que j'ai rien envoyé. »

Franco fouille les poches de son pantalon, il en tire dix euros et quelques pièces.

« Je n'ai que ça. »

L'homme prend le billet et les pièces, qu'il compte sur la paume de sa main d'un doigt calleux, puis les fourre dans une pochette en cuir usé qui pend à son cou, sur son tee-shirt.

« On y va ? » dis-je.

Je glisse le bras sous celui de Franco. Sans un mot, nous nous éloignons rapidement en direction du parking. C'est alors que des pas retentissent derrière nous, sur le gravier. Franco fait volte-face.

« Qu'est-ce que tu veux encore ?

– Je vous accompagne. »

Nous poursuivons notre chemin, tandis qu'il nous emboîte le pas. Une fois sur le parking, Franco ouvre sa Micra à l'aide de sa télécommande.

« Monte en voiture. Je vais payer. »

Je me retourne vers l'homme, qui s'est immobilisé quelques pas plus loin, les bras ballants. Je le rejoins et lui tends la main.

« Au revoir, Daniel. »

Il m'observe un instant, de ses yeux vitreux, puis me prend la tête entre ses mains et dépose un baiser sur mon front.

« D'accord », dis-je.

J'essaie de me dégager, mais il me serre contre lui et se met à sangloter sur mon épaule ; tout son corps est secoué de sanglots. Je lui rends son étreinte, lui caresse le dos. Il ne doit pas être plus âgé que moi, il est peut-être plus jeune. Il sent le talc. Quand il revient avec son ticket, Franco me surprend dans les bras de l'inconnu blond. Il s'approche et lui touche une épaule.

« Hé », dit-il doucement.

J'écarte les doigts pour l'arrêter. Je serre l'homme encore plus fort et ferme les yeux.

Cette nuit, chez Franco, je n'ai pas fermé l'œil, et quand je suis rentrée ce matin je n'avais qu'une seule envie : placer un transat au pied du platane et m'assoupir, bercée par le grondement des camions sur la route nationale. Mais je suis tombée sur papa, vêtu de son costume gris et de sa chemise bleu pâle. Par je ne sais quel miracle, il avait même réussi à enfiler une paire de mocassins noirs pas trop déformés.

« J'ai dormi comme un pape, j'arrive pas à l'croire, a-t-il dit en posant sa tasse dans l'évier.

– Tu sors ?

– Lave-toi la figure et enfile un vêtement r'passé. »

J'ai abandonné sur la table le sachet contenant la brioche que je lui avais apportée pour le petit déjeuner.

« Pourquoi ?

– J'ai pris rendez-vous avec une agence, j'veux acheter une maison à la montagne. »

Ses mains piquetées de taches marron tiennent le volant avec légèreté. De temps à autre, il écarte la droite et la laisse en suspens quelques secondes ; est-ce pour regarder quelque chose sur le tableau de bord ? Soulager ses articulations ? Ou son état d'âme s'exprime-t-il aujourd'hui en faisant léviter sa main ? Je l'ignore. Nous traversons la Valpolicella ; les vitres fermées, la climatisation au minimum, la voiture parcourt lentement la route droite : on se croirait à bord d'un avion en phase de décollage.

Au col Napoléon, nous tournons en direction du lac de Garde. Après Sega di Cavaion, le mont Baldo apparaît à notre droite, le sommet enveloppé dans les nuages.

« Tu connais le dicton ? lance mon père. Quand l'Baldo a un chapel…

– Y pleut ou y fait bel », dis-je nonchalamment à mi-voix.

Il a hérité de mon grand-père l'habitude de nous pousser à compléter les proverbes et les dictons.

« Et si on montait par cette route ? propose-t-il au croisement, avant le rond-point d'Affi.

– Pour San Zeno di Montagna, il faut tourner à gauche.

– J'sais, mais ça fait un bail qu'je suis pas monté par là. »

Il s'est déjà engagé sur la route de Caprino.

« Et ton rendez-vous à l'agence ?

– L'est à trois heures. »

Je le dévisage.

« Humm. Dans ce cas, pourquoi sommes-nous partis à onze heures ? J'aurais eu tout le temps de dormir et même de prendre une douche. »

Il fait claquer sa langue. « Dans un mois, j'ai la révision du permis.

– Et alors ?

– J'sais pas si on me le redonnera, j'y vois rien.

– Comment ça, tu n'y vois rien ?

– Et puis, j'ai pus les réflexes d'aut'fois.

– Au moins, tu es devenu plus prudent. Je n'étais pas habituée à cette vitesse de croisière. »

Il a un petit rire de gorge.

« Un jour, tu sais, un type m'a suivi en voiture jusqu'au magasin. L'est descendu, blanc comme un linge. Après un dépassement, j'lui avais fait une queue d'poisson. Y voulait que j'le dédommage de sa peur.

– Qu'est-ce que tu as fait ?

– J'crois bien que j'lui ai donné cent mille lires. »

Je l'observe.

« On t'a déjà retiré ton permis ?

– Hé ! »

Il dodeline de la tête. J'attends.

« Une fois. Ça a été un sacré bordel. »

Il ouvre et ferme les mains sur le volant, comme pour pomper les mots.

« J'étais à bord de mon fourgon Leoncino, j'allais faire le marché à Legnano et figure-toi qu'y avait un car immobile dans la brouillasse ! J'roulais à cinquante à l'heure. Quand j'ai vu l'camion, j'ai freiné, mais c'était l'hiver, y avait du verglas, et *boum !* J'ai tamponné ce camion de la société Deidoné de Villafranca, qui venait juste de s'arrêter. Sous l'effet du choc, l'camion a avancé et l'a écrasé les jambes du receveur du car, qui tirait une valise d'la soute – aut'fois la soute des cars était à l'arrière, comme le coffre des voitures. J'allais pas vite, mais l'coup a suffi pour propulser vers l'avant l'camion, qu'a écrasé les deux jambes du type.

– Bordel !

– Alors on m'a confisqué l'Leoncino et tout l'reste.

– Le type a perdu ses jambes ?

– Non, par chance c'était moins grave qu'on pensait, l'a juste eu une jambe cassée, raison pour laquelle on m'a lassé repartir. Mais on m'a r'tiré le permis pendant trois mois, si bien qu'j'ai dû engager un chauffeur pour l'camion. C'chauffeur, c'était Gigi Loti, qui donnait des cours de conduite à l'auberge. Ça d'vait être en 1954, car j'avais déjà fait mon service militaire. Les premières auto-écoles ouvraient en ville et il en avait monté une dans le village. Sauf qu'y buvait comme un Turc.

– On dit "fumer comme un Turc". Et c'est justement à lui que tu as demandé de conduire ton fourgon !

– J'avais pas l'choix ! J'aurais dû arrêter de travailler p't-être ? Lui, y conduisait, et moi, j'l'accompagnais. Le problème, c'était qu'y retrouvait au marché Bruno Minetti, son copain, et qu'y se bituraient comme y faut !

– Gigi Loti. Ce nom me dit quelque chose. C'était un gros type à lunettes ?

– Non. C'était un p'tit maigrichon, mais tu peux pas t'le rappeler. Une fois l'étal démonté, y faisaient le tour des tavernes. J'disais toujours à Bruno : "L'fais pas boire, hein ?" Y répondait : "Non, non." Puis y revenaient en marchant de traviole. »

Mon père secoue la tête.

« Un jour, l'a même chié dans son froc !

– Mince !

– On était au marché de Lonigo, j'devais terminer les comptes. Il a dit : "J'vais boire une goutte avant de partir." Au bout d'un moment, j'le vois r'venir : y marchait jambes écartées. J'lui ai demandé : "Tu t'es fait mal ?" Et lui, en larmichant : "J'ai chié dans mon froc." »

J'éclate de rire.

« Nom d'un chien ! T'imagines, le faire asseoir dans le camion, l'froc plein ? Comme y avait encore un étal de vêtements au marché, j'suis allé lui acheter un pantalon en toile rayée, du genre qu'on utilisait à l'époque pour travailler, vu que les jeans existaient pas encore. Ce jour-là, c'est moi qu'ai conduit, sans permis. Par chance, personne m'a arrêté. »

Il garde le silence un moment, et je m'assoupis presque, la tête appuyée contre la vitre. Au sommet d'une colline se dressent maintenant trois éoliennes : elles tournoient, gigantesques et blanches.

« Papa ?

– Humm.

– Tu te rappelles la fois où tu roulais à toute allure sur l'autoroute en rentrant de la mer ? Maman t'a demandé de l'arrêter au premier restoroute et a voulu faire de l'auto-stop à la pompe à essence.

– Personne l'aurait jamais prise.

– Tu te trompes. Si elle est remontée en voiture, c'est uniquement parce que Nora pleurait de désespoir. »

Il ricane.

« J'crois bien qu'j'ai risqué gros c'jour-là. »

Nous observons un moment de silence, plongés dans le souvenir de cette lointaine époque. De ce que nous étions.

« J'ai envie d'une bonne polenta aux champignons. » Voilà ce qu'il dit lorsqu'il rouvre la bouche.

« Peut-on savoir pourquoi cette idée de maison à la montagne t'est venue maintenant ?

– Vaut mieux investir dans l'immobilier, j'me fais toujours avoir avec les actions. On pourrait y aller tous ensemble, l'été : Nora, Alice, toi et moi. Si possible un rez-de-chaussée avec un p'tit jardin donnant sur le lac. Ta maman aurait donné cher pour avoir deux pièces avec vue sur le lac. »

Je pense qu'il s'agit là d'une nouvelle opération anachronique. Comme l'achat de la maison de Quaderni en 1992 – cinq chambres, quatre salles de bains – alors même que

Nora et moi quittions le nid familial. Mais papa l'avait dessinée pendant des années sur la table en Formica beige de notre appartement, via Roma : une maison jaune à volets verts, un jardin aux arbres couverts de fruits rouges et orange, une clôture bleue autour. Parfois Nora et moi nous demandions quel rapport les marbres, les colonnes, les faux plafonds, les lustres à gouttes de cristal entretenaient avec son imagination. Maman le laissait faire. « L'en a toujours rêvé », disait-elle.

J'interviens : « La montagne, ce n'est pas le lac. »

Je vois sa bouche se froncer.

« J'sais. Mais ça s'rait bien, non ? »

Je regarde à travers la vitre.

Virage après virage, nous avons pris de l'altitude : le lac brille en bas.

« Avec ton papa, tu sais, y reste qu'une lueur, m'avait dit maman lors d'un de ces longs coups de téléphone étranges qu'elle me passait quand je vivais à Athènes – suffit d'sofler d'ssus un peu pour qu'elle s'éteigne. » Et un soir du dernier été, dans le jardin, sous le platane malade, alors que les chauves-souris fendaient l'obscurité devant nous : « J'aurais dû aller en Afrique. Fonder une famille, c'était pas mon truc. »

Elle faisait son bilan, elle aussi. Elle le faisait avec moi parce que j'étais loin.

Nous nous asseyons dans la véranda d'un restaurant qui s'appelle Al Gallo Cedrone[1]. Devant nous s'étend un bois de hêtres ; plus haut, des brebis broutent çà et là.

« Pas mal non plus, hein ? »

1. « Au Coq de Bruyère ».

J'ai davantage sommeil que faim, mais je commande des *canederli*[1] aux épinards dans un bouillon ; il choisit, quant à lui, de la polenta avec du fromage et des champignons.

« Et un demi-litre de vin, ajoute-t-il.

– Je ne peux pas boire. »

Il tourne la main en l'air, comme pour signifier « on verra ».

De fait, je bois, malgré mes brûlures d'estomac. Nous commandons aussi un dessert, deux parts de tarte aux figues et aux noix. Enfin, nous nous installons sur deux transats, au milieu de la pelouse.

« Alors ? lance-t-il. T'as rien à me dire ? »

Il a les yeux fermés, le visage tourné vers le soleil.

« À quel sujet ?

– Quand on touche à mes affaires, j'm'en aperçois toujours.

– Oh.

– Et puis tu les as remis à l'envers. »

Je porte une main au-dessus de mes yeux pour mieux le regarder.

« Tu as laissé la pièce ouverte exprès, non ? »

Il glisse la main dans la poche intérieure de sa veste et en tire une enveloppe, qu'il me tend.

« Qu'est-ce que c'est ?

– Mon testament. »

Je me redresse et croise les bras. « Ce serait peut-être à moi d'en faire un. »

Il agite l'enveloppe devant mon nez. Je m'en saisis et l'ouvre.

De l'argent. En billets de cent.

« Pourquoi ?

1. Boulettes à base de pain rassis qu'on fait cuire dans du bouillon, typiques du nord de l'Italie.

– Tu travailles pas, répond-il. Et ces consultations privées coûtent cher.

– Papa, je touche une allocation d'invalidité d'une durée de trois ans. Et j'ai des économies. Quand j'aurai besoin d'argent, je te le dirai, ne t'inquiète pas. »

Je lui rends l'enveloppe, qu'il s'abstient de reprendre.

« T'as pas compris, c'est pas un cadeau. »

Il croise les mains et inspire profondément avant de poursuivre : « J'veux que tu tapes mon histoire sur ton ordinateur. J'aim'rais avoir le plaisir d'la voir bien en ordre, imprimée, avant d'passer l'arme à gauche.

– Tu n'avais pas l'intention d'acheter un ordinateur ? Je peux t'apprendre à l'utiliser. »

Il agite la main en signe d'agacement.

« J'ai la tête aussi dure qu'le mur ! Et j'suis trop vieux pour apprendre. Et puis j'fais un tas d'erreurs, j'le sais ! J'ai besoin d'quéqu'un qui me tape et me corrige. Et qui me dise où fourrer les points et les virgules. J'arrête pas d'hésiter sur les mots, tu sais : comment y s'écrivent, quel est le bon. Parfois, l'dictionnaire sert à rien. »

Je soupire et regarde les brebis.

« T'as écrit de belles nouvelles, dit-il.

– Merci, papa.

– Coïncises. J'supporte pas ces bouquins qui parlent des p'tits oiseaux, des couchers de soleil.

– Tu veux dire que tu n'aimes pas les descriptions ?

– C'est ça. Toi, en revanche… tu t'en tiens à l'essentiel, et ça m'plaît. Mais j'aimerais te d'mander un truc.

– Je t'écoute.

– J'suis vrament comme ça ?

– Comment ?

– Comme ce type qui file des coups de pied aux chats quand personne le voit.

– Ce n'est pas toi.

– Pourtant y mange de la glace aux fruits confits à même le pot pendant qu'y r'garde la télé.

– Bon, il te ressemble un peu, mais ce n'est pas toi.

– J'ai jamais donné de coup de pied à un chat.

– J'espère bien que non. »

Il me dévisage.

« Alors ? »

Je prends une inspiration.

« On peut essayer, dis-je.

– Bien ! Alors, marché conclu ! »

Il fait semblant de cracher dans sa main et me la tend. Mon regard tombe sur sa montre.

« Papa, il est trois heures ! »

Naturellement, l'agent immobilier ne nous attendait plus au bar. Papa l'a appelé à son bureau, à Costermano, pour le prier de l'excuser et de remonter, mais l'homme a répliqué qu'il avait une série d'autres rendez-vous et que c'était déjà bien beau qu'il ne réclame pas de dédommagement pour l'avoir obligé à monter pour rien. Il a fini par lui fixer une autre date pour la visite, à condition que mon père aille le chercher à l'agence.

Au retour, nous sommes passés par le lac. L'eau était sombre et huileuse ; nous avons contemplé les canards qui plongeaient, le cul en l'air, puis joué à deviner le nom des villages sur la rive, côté Brescia.

Au moment de se lever, papa avait mal à la jambe. Je lui ai donné le bras jusqu'à la voiture. Le couchant teintait la plage et les montagnes d'un rouge incandescent. L'avoir comme passager était très bizarre. De temps en temps, je me tournais vers lui, certaine de voir ses mâchoires vibrer, mais il avait l'air tranquille. À un feu de circulation, j'ai posé une main sur sa jambe, il l'a recouverte de la sienne.

« Vert », a-t-il annoncé.

Trois samedis par an, à l'approche des fêtes de Noël, de Pâques et des Défunts, nous montions tous à bord de la DS Pallas blanche pour aller en ville nous acheter des vêtements. Durant le trajet, il était interdit d'ouvrir les vitres : la pleurésie qui avait failli emporter mon père quelques années plus tôt lui avait donné la phobie des « corents ».

Nora, qui avait toujours l'impression d'étouffer en voiture, baissait la vitre en cachette – l'espace d'un ou deux doigts. Très vite, mon père commençait à s'agiter sur son siège et finissait par s'écrier : « Enfin, j'sens d'l'air ! » Ma sœur soupirait et remontait la vitre. Pour détendre l'atmosphère, je me mettais à chanter tout ce qui me venait à l'esprit – *Margherita* de Cocciante, *Sono solo canzonette* et *Sì, viaggiare*[1] – jusqu'à ce que mon père hurle : « Assez ! »

Trop occupée à regarder la route, ma mère gardait le silence : une main appuyée sur le tableau de bord, elle réfrénait un petit cri à chaque dépassement et tendait la jambe pour appuyer sur un frein fantôme.

Sur la banquette arrière, ma sœur et moi aimions être

1. *Margherita* a été publiée en 1976, *Sono solo canzonette* est une chanson d'Edoardo Bennato (1980) et *Sì, viaggiare*, de Lucio Battisti (1977).

projetées l'une contre l'autre dans les virages, ou catapultées vers l'avant lorsque mon père pilait à un feu rouge. En revanche, nous étions moins ravies quand il s'engageait sur la file de gauche comme s'il devait tourner, pour continuer tout droit au carrefour au nez et à la barbe des autres. Nora et moi nous laissions glisser jusqu'au plancher au point de disparaître. Durant ces années-là, mon père nous effrayait, il avait toujours « les nerfs en boule » et des crises de colère. Par chance, il ne s'en prenait qu'aux portes et aux tiroirs.

Il tenait toujours à acheter quelque chose de beau à maman. Il la pilotait dans les boutiques les plus chic de la via Mazzini. Ayant été tricoteuse dans sa jeunesse, elle savait reconnaître et évaluer la qualité des tissus et de la coupe, mais elle n'avait jamais envie de s'acheter quoi que ce soit.

Le problème de ces magasins chic où nous nous attardions tous pendant que maman tâtait les étoffes, c'étaient les vendeuses. Elles étaient pour la plupart impeccables et simulaient l'amabilité, mais, de toute évidence, elles nous détestaient parce que nous envahissions leur boutique dont nous gâchions l'image en nous vautrant (Nora et moi), épuisées et impatientes, sur une marche à l'intérieur ou sur les petits bancs des cabines d'essayage.

J'étais toujours agacée de voir la vendeuse étudier maman dans le miroir et lui relever le col d'un chemisier (*Je peux ?*), lui dire qu'il fallait porter la veste déboutonnée, les manches un peu retroussées, comme si elle avait affaire à une idiote.

Il m'arrivait de devoir moi aussi « essayer » : il suffisait qu'un de ces rapaces vous surprenne en train de regarder un article avec une ombre d'intérêt.

Un jour, je marchai par mégarde sur le pied d'une vendeuse qui me remboursait un pull. C'était une femme glaciale et sculpturale aux cheveux noirs tirés en arrière et au visage enseveli sous une couche de fond de teint.

« Excusez-moi, murmurai-je, intimidée.

– Je t'en prie, ma grande », répondit-elle sans broncher.

Tout le temps que dura l'opération, elle s'abstint de nettoyer l'empreinte que la semelle de mon mocassin avait laissée sur le bout de sa chaussure vernie.

D'habitude, nous sortions du magasin à la queue leu leu et les mains vides. S'il y avait un rayon homme, mon père prenait au moins une cravate : pour lui, il était inconcevable de partir sans acheter.

Nora conduit sans piper mot dans la circulation de la Sérénissime[1]. Devant nous, des nuages bas : apparemment, nous nous dirigeons vers un orage.

« On aurait pu au moins manger une glace, dis-je.

– Peut-on savoir d'où sort cette bonne femme ? D'un conte des frères Grimm ?

– D'autres ont plus de tact.

– *Éliminer les organes cibles.* J'ai failli demander : À coups de machette ? Je ne sais pas comment j'ai réussi à me retenir.

– Ce n'est pas un métier facile. Il faut bien qu'elle se défende, d'une manière ou d'une autre.

– Elle ? Quel besoin avait-elle de parler d'Alice ?

– Celle que j'ai vue la dernière fois était mieux. »

Nora secoue longuement la tête. Je lance :

« Voilà, on a passé un autre restoroute.

– Tu as besoin de faire pipi ?

– Non. J'ai faim.

– Papa et Alice nous attendent pour le déjeuner.

– Jusqu'à deux heures ? Je ne crois pas. Nous avons tardé.

1. Autoroute qui relie Turin à Trieste en traversant la plaine du Pô.

– Appelle-les pour voir s'ils ont déjà mangé. »

Je prends le portable dans mon sac, le tourne et le retourne entre mes doigts.

Le coup de frein subit me catapulte en avant, Nora appuie à fond sur le klaxon. *Tuuuuuuuut !*

« Quel choc », dis-je, une main sur le cœur.

Nora met le clignotant et entreprend de dépasser une file de poids lourds dont je n'arrive pas à voir le bout. Je m'accroche à la poignée en retenant mon souffle.

« Détends-toi, m'enjoint-elle.

– Bien sûr. »

Au bout d'un moment, j'interroge :

« Tu comptes faire le test ?

– Je ne sais pas. Et toi, les opérations de prévention ? »

Je hausse les épaules.

« J'ai commencé à me demander pendant combien de temps j'en aurais deux le jour où maman est tombée malade. Je me regardais dans la glace et je leur disais au revoir, d'une certaine façon.

– Vraiment ? Moi, je n'y ai jamais pensé.

– En revanche, je ne m'attendais pas à devoir faire aussi l'autre truc, là.

– La salpingo-ovariectomie.

– Comment connais-tu tous ces noms ?

– J'ai fait des études. »

Je contemple, à travers la vitre, les hirondelles imprimées sur le mur antibruit.

Puis la lumière d'un éclair déchire les nuages gris devant nous. Nous comptons tout bas les secondes, comme maman nous l'a appris quand nous étions petites.

« Dix !

– À trois kilomètres d'ici, commente Nora. Bientôt, nous serons en plein dedans.

– Nous devrions nous inscrire au club des fulgurés.

– Qu'est-ce que c'est ?

– Un réseau international de personnes qui ont été touchées par la foudre.

– Quel est le rapport avec nous ?

– J'ai lu une histoire incroyable. L'année dernière, en France, un orage a éclaté pendant une fête champêtre. Un éclair très puissant s'est abattu sur le sommet d'un aulne et, à travers une barre d'aluminium, sur le chapiteau où les gens avaient couru s'abriter. Une décharge de millions de volts, tu imagines ? Les témoins ont décrit une boule transparente qui roulait vers le chapiteau, un truc de science-fiction. Et personne n'est mort, tu te rends compte ? Un miracle. Les survivants estiment qu'ils ont été sauvés parce qu'ils se sont partagé la décharge, mais ce n'est pas plausible, compte tenu d'une telle puissance ! Seize personnes ont été touchées, dont deux gravement. Certaines sur le plan moteur, d'autres sur le plan neurologique. Certaines ont perdu la parole, d'autres la mémoire. L'une d'elles a connu des changements de personnalité : une femme timide s'est mise à entamer la conversation avec tout le monde dans la rue. Un homme a vu ses capacités augmentées pendant plusieurs jours : il faisait des opérations de calcul mental à quatre chiffres.

– J'aimerais bien avoir, moi aussi, des capacités augmentées.

– De quel genre ?

– Lire dans vos pensées, à vous tous.

– Quoi qu'il en soit, ce groupe a fait l'objet d'une étude scientifique. Parce qu'il est rare de pouvoir étudier l'effet d'un même éclair sur un groupe de personnes. C'est apparemment utile pour comprendre les effets du changement climatique sur l'organisme. Parce que le passage de la foudre détermine la formation de nanocomposites...

– Nano quoi ?

– Si j'ai bien compris, ce sont des sortes de grumeaux de matière qui...

– D'accord, d'accord, peu importe. Mais peux-tu me dire pourquoi nous devrions nous inscrire à ce club ?

– Ça fait des semaines que j'y pense.

– Au club.

– Non, à ce groupe de "fulgurés", les fulgurés de Glonville, comme on dit. J'ai arraché les pages du journal, je les ai dans mon sac. Tu sais, on appelle ceux qui meurent les "foudroyés", et ceux qui survivent les "fulgurés", c'est écrit dans l'article. Le problème, c'est comment ils survivent.

– Comment ?

– On les a interviewés. Extérieurement, au bout d'un an, ce sont des gens normaux. Ils ont repris leur travail. Mais ils sont agités, ils ne dorment pas la nuit. Il y a parmi eux un enfant qui imagine sans cesse des catastrophes, qui voit le soleil heurter la terre. En apparence, en revanche, ils n'ont rien d'anormal. Il ne reste, de la fulguration, que des petits trous presque invisibles, le trou d'entrée et le trou de sortie de la foudre. Un petit trou d'entrée ici... (je presse l'index sur son épaule, puis sur son genou) et un petit trou de sortie là.

– Ne me touche pas avec tes doigts secs !

– On ne les voit pas, mais ils sont là. C'est la preuve qu'on a été traversé. Les fulgurés se contactent, se rendent visite. Ils n'ont même pas besoin de parler, mais ils ne peuvent pas feindre qu'il ne s'est rien passé. Ils ne le supportent pas.

– Ben, je ne peux pas dire que je meurs d'envie d'entrer dans ce club.

– Ce n'est pas une chose qu'on choisit. »

De lourdes gouttes s'abattent sur la vitre, puis coulent en diagonale. Elles sont de plus en plus drues.

« Maintenant, on est en plein dedans », annonce Nora.

Un camion dont la cabine évoque un sapin de Noël nous dépasse en nous faisant vibrer.

« Je suis désolée, dis-je.

– De quoi ? »

Je hausse les épaules.

« Ce que tu es bête. Si tu n'as pas envie d'appeler, envoie un message à Alice, s'il te plaît, demande-lui s'ils nous ont mis quelque chose de côté pour le déjeuner. S'ils se sont enfermés dans leur débarras, il est possible qu'ils ne se soient même pas rendu compte qu'une heure a sonné. »

Je commence à composer un message. Une lumière rasante et jaune déchire le ciel de plomb et pénètre dans l'habitacle ; elle imbibe le visage de ma sœur, sa jupe à fleurs, mes cuisses serrées dans mon jean noir.

« Regarde ! »

Je me retourne. Un arc-en-ciel très net est apparu à notre gauche. Nora met le clignotant, ralentit. Un camion klaxonne furieusement en nous dépassant pendant que nous nous immobilisons sur la bande d'arrêt d'urgence.

« Qu'est-ce que tu fais ?

– On regarde un peu, non ? »

Je reste sur le seuil, mon ordinateur à la main, alors qu'il est déjà penché devant le bahut ouvert. Je détourne le regard du début de fesses blanches qui dépasse de son pantalon. Il est neuf heures du matin, la lumière qui traverse le jardin accueille tout dans une fraîcheur verdâtre. Vue de jour, cette pièce ne m'évoque plus un vaisseau pour trips psychédéliques, mais elle ne ressemble pas non plus à la mise en scène pour les fournisseurs qu'était le bureau de papa au magasin, avec le set de bureau et le canapé en cuir, ainsi que le panorama de la centrale électrique. C'est une scène de théâtre vide qui nous attend.

« Qu'esse tu fiches là ? Entre ! »

Il se dirige vers la table en tenant la pile de cahiers entre ses deux mains, l'une dessus et l'autre dessous. Il l'y dépose dans un bruit sourd.

« 'Tends, c'est pas fini, dit-il en retournant au bahut.

– Tu veux un coup de main ?

– 'Sieds-toi là et allume. »

J'obéis : je m'assieds devant la table et ouvre l'ordinateur. Il revient avec la seconde pile de cahiers.

« Attention, le tapis fait un pli. »

Il porte les sabots verts en caoutchouc perforé que Nora et moi lui avons achetés au restoroute en rentrant de Padoue.

« Comment te vont-ils ?

– Com' deux vaches », répond-il.

Cette sortie faisait se tordre de rire maman. Il la répétait des jours entiers. Il suffisait qu'il dise « com' deux vaches » à n'importe quel moment pour que tout le monde s'esclaffe, lui compris. Était-ce de l'amour ?

« Voilà. »

Il pose la pile à côté de l'autre, et réunit les deux avec de petits coups latéraux.

Un instant, nous contemplons la masse.

« Peut-on savoir depuis quand tu écris ?

– J'm'en souviens pas. Y avait plus personne ici. »

Il s'empare du premier cahier, le feuillette.

« Maman n'était pas morte depuis longtemps. Une nuit, j'me suis assis à la table de la cuisine, j'pensais dessiner et, au lieu d'ça, j'ai écrit.

– D'accord, une nuit. Puis tu as continué.

– J'ai découvert qu'ça me tenait compagnie. Y avait tous ces gens qu'arrivaient. Y suffisait qu'je m'asseye là pour qu'je les retrouve tous. Comme s'y m'attendaient. J'savais toujours comment continuer. Gianni, surtout, passe qu'c'est son histoire. Ça revient un peu à s'mettre une fausse moustache.

– Pourquoi ? Il a une moustache ?

– Qui ?

– Gianni.

– Mais non, voyons ! Allez, on s'lance ! »

Je lève les mains en signe de capitulation. Tandis qu'il s'assied dans son fauteuil, je prends un cahier et le feuillette. Son écriture serrée me donne une sorte de vertige. L'intérieur de la couverture aussi est noirci jusqu'en bas, la dernière phrase s'interrompant au milieu : « je voulais dormir ce que je fis jusqu'à trois heures et quart quand » Je lève les yeux vers mon père. J'attrape le cahier suivant, le numéro 28, l'ouvre : « je dus me lever parce que j'entendais des voix dehors. »

« On y va ? »

Il me dévisage, les yeux agrandis par ses verres épais, son cahier ouvert à la première page.

« M'dis pas qu'tu préfrerais être au 'spital ? »

Aujourd'hui, j'aurais dû avoir ma troisième séance, mais mon taux de globules blancs est trop bas.

« C'est que, si on commence comme ça, on en aura pour plus de six mois. »

Il m'adresse un petit sourire amer.

« Quand ça arrivait à ta mère, elle s'enrognait comme une folle. Toute façon, là où t'es placée tu m'entendras pas bien.

– Où veux-tu que je me mette ?

– Ici ! »

Il pose la main sur la portion de table à sa droite.

« J'veux voir. »

Je lève les yeux au ciel et, sans décoller les fesses du fauteuil, me déplace en rapprochant l'ordinateur. Il consulte sa montre.

« L'est neuf heures et demie. On avance autant qu'on peut, puis on calcule le temps qu'prend chaque carnet. D'accord ? »

J'acquiesce et attends, les mains en suspens au-dessus du clavier. Il s'humecte les lèvres et prend une inspiration avant de dicter :

« UN HOMME CHANCEUX.

– Qu'est-ce que c'est ?

– *Un homme chanceux !*

– Oui, mais qu'est-ce que c'est ? Le titre de l'histoire ? Ou celui du chapitre ?

– Du chapitre ? Mais non ! D'l'histoire ! Ici, y a pas d'chapitres. »

Je me tâte le crâne sous mon turban.

« Il va falloir en créer.

– Pourquoi ?

– Parce qu'un livre est plus agréable à lire quand il est divisé en chapitres. »

Il contemple la page en contractant en rythme ses mâchoires.

« D'accord. Tu t'en occupes. »

UN HOMME CHANCEUX
de Zeno Benin

Mon père lorgne l'écran.

« Bon, on y va : "Au terme de diverses péripéties je fus engagé comme gardien dans une vieille villa. Qui montrait des signes de détérioration évidents. Son propriétaire un riche industriel de Milan ne s'en souciait guère. Il l'avait reçue en héritage de son grand-père."

– Pas si vite !

– Pourquoi ? Où t'en es ?

– "Des signes de détérioration évidents".

– T'es lente.

– Je ne suis pas dactylo.

– D'accord, d'accord. "... Son propriétaire un riche industriel de Milan ne s'en souciait guère. Il l'avait reçue en héritage de son grand-père. Célèbre hiérarque fasciste. Collaborateur des Allemands. En effet c'est à eux qu'il la céda..."

– 'Tends ! »

Il me jette un coup d'œil par-dessus ses lunettes.

« Tu y es, maintenant ?

– Vas-y.

– “Qu’il la céda pendant la guerre. La tristement célèbre SS se l’était appropriée et en avait fait la Commandantur…”

– Comment ça s’écrit ?

– Comme je l’ai dit “commandantur”.

– Je mets plutôt un *k*, on vérifiera ensuite.

– D’acc. “On emprisonnait dans ses caves les résistants et d’autres gens surpris en train de critiquer le Duce et les fascistes. Il suffisait de quelques mots d’une blague pour être dénoncé arrêté et tabassé…”

– Oh, oh ! Doucement !

– Les virgules, tu les mets pas ? »

Je grogne.

« “Parfois on entendait leurs cris jusque dans la rue. C’était de là que les Allemands commandaient. Et administraient. Cinq mille soldats de troupe conséquemment. Conséquemment. Il y avait aussi la caisse du régiment toujours bien remplie…”

– “Conséquemment” ?

– Deux fois.

– Oui, j’ai compris. Mais “conséquemment” ? Puis-je écrire “par conséquent” ?

– Pourquoi ?

– “Conséquemment” est plus ampoulé, on l’utilise davantage dans la langue écrite. On ne le dit pas en parlant.

– Et ça, c’est pas de la langue écrite ? »

Je le dévisage.

« Mets c’que tu veux », dit-il.

Nous continuons jusqu’à midi et demi. Après le déjeuner, nous faisons la sieste, allongés, dans le jardin tandis que Toni et Lion s’ébattent autour de nous. Les personnages que papa a créés tourbillonnent dans ma tête, je les passe en revue l'un après l'autre devant le rideau rouge de mes paupières closes face au soleil. Ils possèdent un visage, des gestes, des regards : ils sont vivants. Comment est-ce possible ? Pour me mettre à écrire, moi, je dois examiner pendant des heures l'éclat d'un monde qui a explosé, et il suffit à mon père de se doter d'une fausse moustache pour déboucher sur un lieu public où les gens l'accueillent comme l'un des leurs. Est-ce donc si simple ? Suffit-il de se prendre pour un individu quelconque dans un endroit précis et de dire tout ce qu'il vous vient à l'esprit ? Un individu affecté de logorrhée, bien sûr. C'est là, justement, que réside le problème : où a échoué ma voix ?

« Qu'esse t'as, Vera, tu m'parais nervée ? »

Je me tourne vers mon père en me protégeant les yeux de la main : il me regarde, un sourire exaspérant sur les lèvres, les bras croisés sur le ventre.

« Rien, dis-je. J'ai chaud. »

Nous reprenons après le café, à quinze heures trente, une bouteille bleue d'eau gazeuse et deux chopes sur la table.

De temps en temps, je propose à mon père de reformuler sa phrase, ce qu'il n'accepte pas toujours. Quand je lui indique la forme correcte d'un verbe, il la note calmement sur son manuscrit, ou dit « Attends » et l'écrit joliment sur une petite bande de papier adhésif, dont il recouvre le mot à corriger. Je décide de ne pas transformer ses nombreux « en fait » en « de fait », mais je suis obligée de lui dire qu'« évident » n'est pas un adverbe, qu'il faut modifier toutes les occurrences en « évidemment ». Il s'y oppose avec véhémence.

De temps en temps, nous nous interrompons pour aller aux toilettes. Quand c'est son tour, je regarde la fenêtre, les merles qui sautillent sur les branches du plaqueminier. En attendant, l'après-midi s'écoule, la lumière jaunit, le visage de mon père rosit de plus en plus tandis qu'il dicte – et que je dactylographie impassiblement – l'histoire de Gianni Sarti qui, de retour de prison, découvre que sa fiancée est mariée à un autre et qu'elle a une fille. Affaibli par la guerre et par le chagrin, il reste alité un mois, mais lorsqu'il se remet au travail, abattant un mur de la villa qui a hébergé le quartier général allemand, il trouve un trésor et se l'approprie. Derrière le comptoir d'un bar, il revoit Rosa, la sœur cadette de sa fiancée, qui a toujours eu un faible pour lui ; saisis d'une passion instantanée, ils n'hésitent pas à faire l'amour sur les marches de l'arrière-boutique.

Entrer en contact de façon si directe avec l'imagination la plus intime de mon père est pour le moins troublant. Pendant plus de trente ans, j'ai vu en lui un homme qui passait des semaines entières à étudier des catalogues d'échantillons, à remplir des bordereaux, à contrôler des factures ; un homme qui occupait ses soirées à regarder des westerns et de la boxe à la télé, qui mangeait les yeux fermés. L'entendre dicter cette histoire me ramène au temps où il en inventait pour Nora et moi, mais je revis aussi la gêne des premières fois où il nous arrivait d'assister ensemble à une scène de sexe à la télé.

« "… je lui pris une main écoute Rosa lui dis-je ça te dirait de fonder une société avec moi ?"

– Ça suffit maintenant.

– Finissons au moins la page.

– Quelle heure est-il ?

– Six heures et quart.

– Marque l'endroit où nous en sommes, je n'en peux plus. »

Il lève les sourcils, contrarié, mais s'empare du surligneur et inscrit un point bleu pâle au bout de la phrase. Je lui demande :

« Où en est-on ? »

Il referme le cahier en laissant un doigt dedans.

« Au tiers, peut-être un peu plus. »

Je me verse un autre verre d'eau.

« Et combien de pages en tout ? »

Il les compte en humectant son doigt, comme je le lui ai vu faire à d'innombrables reprises avec les liasses de billets avant de les déposer à la banque ou d'effectuer un paiement.

« Quatre-vingts, répond-il. Si on continue à ce rythme, on mettra une vingtaine d'heures pour chaque cahier.

– Ça m'a l'air optimiste.

– Vingt-cinq ?

– Plus réaliste.

– Supposons qu'on fasse pas plus d'cinq heures par jour, car sinon on s'abrutira…

– Je suis contente que tu t'en rendes compte. »

Il s'abstient de relever et hoche la tête en tournant les yeux vers le plafond.

« Deux cent cinquante-cinq, finit-il par annoncer.

– Quoi ?

– S'y faut cinq jours pour un cahier, l'en faut deux cent cinquante-cinq pour cinquante et un cahiers. Ça fait quoi ? Huit mois ?

– En travaillant aussi le samedi et le dimanche ?

– T'as raison. Du lundi au vendredi, ça sera plus long.

– Il faut que tu comptes aussi les interruptions pour mes séances. »

Je m'abstiens de mentionner les opérations, je ne lui en ai pas encore parlé.

« C'est vrai, admet-il, faut pas les oublier. Et puis y peut arriver d'autres choses entre-temps.

– Oui. La vie. »

Il me dévisage, l'air inconsolable.

« Vaut mieux qu'j'brûle tout direct.

– Pourquoi ? Nous pourrions réussir en un peu moins d'un an. »

Il se masse longuement les tempes à l'aide de ses doigts.

« Un an, c'est long. Où tu seras, toi, dans un an ?

– De ce monde, j'espère. »

Un instant, il me lance un regard troublé, puis il me prend une main.

« De ce monde et par monsévaux, c'est sûr. Toi, t'as toujours eu la bougeotte ! »

Je sens mes lèvres s'étirer en un sourire.

« J'spérais pour Noël, dit-il enfin. Mais ça sera pour Pâques.

– À Pâques, je ne sais pas, papa, on est déjà en juin.

– Un an. Sinon, j'passerai l'arme à gauche avant. »

« Qui es-tu, petite ? Où habites-tu ? » me demandait-elle, les cheveux soulevés en un nuage au-dessus de la tête, les yeux perdus et les lèvres étirées en un sourire poli. Elle me posait cette question toutes les cinq minutes et je répondais chaque fois tout bas en surveillant la porte, pour éviter d'être entendue de Cristiana, sa belle-fille, la maman des filles Pomari avec qui j'aurais dû me trouver dans la « salle de jeux », comme Nora (même si elle n'aimait pas, elle non plus, jouer avec les poupées Barbie).

« Je m'appelle Giulia, je suis la fille des pharmaciens. Je vis dans la petite villa bleue à l'entrée du village, avant le champ de foire.

– Quel âge as-tu ?

– Dix ans.

– Comment se fait-il que tu sois là, avec moi ? Avons-nous cours ?

– Non, je suis en classe avec votre petite-fille, Ada. Elle joue avec les autres dans la pièce d'à côté. Je voulais juste vous tenir compagnie un moment.

– Oh, comme tu es gentille ! C'est bien, c'est bien ! »

S'ensuivait un silence rempli de sourires, durant lequel je voyais madame Dorina passer de l'apaisement, suscité par le récent échange, à une curiosité typique d'une salle d'attente envers l'inconnue assise à côté d'elle, dans sa cuisine. J'attendais que la question lui montât aux yeux et acquît assez de force pour mouvoir sa langue.

« Qui es-tu, petite ? Où habites-tu ? »

Mon cœur vibrait d'émotion avec l'air.

« Je m'appelle Antonella. Je suis venue avec les manèges, mes parents ont le poulpe géant.

– Qu'est-ce que c'est, le poulpe géant ?

– Un manège. Il a un tas de bras qui s'agitent comme des tentacules et, au fond, une cabine. On y entre à deux, puis on monte et on descend dans les airs.

– Oh, mais où vas-tu en classe ?

– Je change souvent d'école. Une semaine par-ci, une semaine par-là.

– Oh, pauvrette !

– Cette semaine, je suis en classe avec Ada, votre petite-fille.

– Tu es venue jouer avec Ada ?

– Oui, mais je voulais vous tenir un peu compagnie.

– Oh, comme tu es gentille ! C'est bien, c'est bien. »

Les sourires réapparaissaient. Nous gardions un moment le silence, que brisaient le ronronnement du lave-vaisselle dans la petite cuisine ainsi que les voix étouffées de ma sœur et des filles Pomari, dans la pièce voisine. De temps en temps, la silhouette de Cristiana passait rapidement derrière la vitre en verre dépoli, puis la porte s'ouvrait et elle surgissait, hors d'haleine : « Maman, j'ai oublié de t'accompagner au lit. Allez, si tu ne fais pas la sieste, tu t'endors à l'heure du dîner.

– Attends, je voulais connaître le nom de cette jolie petite fille qui me sourit.

– Mais comment, maman ! C'est Vera, la fille des Benin, de Zeno et d'Anita ! Nous avons encore déjeuné ensemble dimanche dernier. »

Dorina secouait la tête, un peu troublée.

« Je ne m'en souviens pas.

– Ils habitent à l'étage au-dessous, tu la vois tous les jours ! »

Puis, à mon adresse :

« Combien de fois t'a-t-elle posé la question ?

– Peu importe, disais-je.

– Tu n'es pas obligée de lui répondre chaque fois. Va jouer avec les autres à côté, ce n'est pas bon pour toi de rester là toute seule. Je vais accompagner maman au lit.

– Je n'ai pas l'impression d'avoir sommeil, protestait gentiment madame Dorina.

– Tu as sommeil, maman, crois-moi. »

Je la regardais s'engager docilement dans le couloir, un bras sous celui de Cristiana, agitant la main en guise d'au revoir. Je me dirigeais à contrecœur de l'autre côté, vers le monde orange et plastique de la « salle de jeux ».

Franco me guide à travers la maison, il me montre la cuisine dotée d'une table en L et de casseroles en cuivre, le salon et la véranda donnant sur le jardin, la chambre et son fauteuil d'un vert printanier, la salle de bains bleue en Tadelakt et son jacuzzi.

« Vraiment, il ne veut pas d'argent ?

– Il ne peut pas la louer car il y a là toutes ses affaires. Mais qu'une personne de confiance l'occupe et paie les charges l'arrange. Si, en septembre, on lui demande de rester à Washington, il me fera un contrat de location. »

Je m'assieds sur le jacuzzi et caresse son bord lisse, sinueux.

« Si tu veux, nous pouvons dormir ici cette nuit, dit-il.

– Et où couchera Nicola ?

– Il y a un canapé-lit au salon. Mais il ne vient plus dormir chez moi.

– Non ?

– Il l'a mal pris, lui aussi.

– Tu lui en as donc déjà parlé.

– La semaine dernière.

– À Cinzia aussi ?

– Nicola le lui a dit. Et elle m'a appelé.

– Bref, j'étais la seule à ne pas être au courant !

– Je ne voulais pas t'inquiéter prématurément. »

Il s'assied sur le bord du jacuzzi à côté de moi.

« C'est moi qui aurais dû partir.

– C'est vrai, je n'y avais jamais songé avant. J'ai envoyé ma candidature pour voir quel effet cela me ferait, je ne m'attendais pas à être contacté si tôt. Sans compter que j'ai toujours vomi à bord des ferries, mais il semble que ce ne soit pas une contre-indication. En revanche, cette idée me plaît, Vera, elle me plaît beaucoup. C'est ce dont j'ai besoin maintenant, je l'ai compris. Je veux y aller. »

Ses yeux noisette, souriants, ont des reflets dorés que je n'avais encore jamais remarqués.

« Et l'hôpital ? Tu peux partir comme ça, à l'improviste ?

– Ce n'est pas à l'improviste. J'en avais déjà parlé officieusement à des collègues, puis à mon responsable et au directeur général. Depuis l'année dernière, prendre un congé sans solde pour mener des activités de coopération internationale est un droit. Certes, j'y perds sur le plan financier. L'offre de cette maison de la part de mon confrère est une manne tombée du ciel : un signe du destin. J'économise le loyer et, s'il reste à Washington pour son travail, vivre ici par la suite ne me déplairait pas. Et toi ?

– Par la suite ?

– Oui, Vera.

– Est-ce que je dois te dire l'impression que ça me fait ?

– Quelle impression ça te fait ?

– Que tu me quittes. Tu me voles mon rôle, Franco. C'est moi qui devais partir, qui devais te quitter. Tu as chamboulé le scénario. »

Est-ce l'ombre qui s'étend ? Être assise sur le bord du jacuzzi d'un inconnu commence à me paraître étrange.

« Toi aussi, tu as fait des choix, rétorque Franco. Je voulais vivre avec toi, je le voulais vraiment. Je voulais prendre soin de toi. Je voulais être la personne que tu désirais avoir à tes côtés en ce moment. »

Je secoue la tête.

« Je sais que je n'ai pas été très fiable jusqu'à présent. Je sais que je suis collant. Et je reconnais qu'avoir une crise de panique lors de ta consultation chez l'oncologue n'est pas ce qu'il y a de mieux.

– Tu vois ? Tu veux toujours t'approprier mon rôle. »

Il éclate de rire.

« Ça en a l'air. C'est vrai.

– Tu es la personne la plus proche de moi en ce moment. Pour ce qui est de mon père, c'est moi qui ai besoin d'être à ses côtés, parce que…

– Il fait son bilan.

– Oui.

– Et pas avec des chiffres. »

Je souris.

« Je ne sais qu'une seule chose : je ne veux plus attendre, Vera. J'en ai assez d'être enfermé ici dans ma petite vie, dans mes tics.

– Quels tics ?

– J'ai besoin d'un grand changement, maintenant. Je peux réparer des os, sauver des vies. Je suis médecin, je suis traumatologue, j'en ai marre de me sentir impuissant.

– Qu'est-ce que tu devras faire ? On te l'a dit ?

– En réalité, je ne sais pas encore si je devrai m'embarquer ou travailler dans l'unité opérationnelle, à terre. Les patients arrivent ankylosés, parce qu'ils ont gardé la même position des jours entiers, sans pouvoir allonger les jambes. »

Je lui glisse un doigt dans l'oreille, il m'attrape la main.

« Il ne s'agit que de deux mois. Ils passeront vite, tu verras.

– Bien sûr. Tu emporteras des anxiolytiques ?

– Évidemment, une dizaine de flacons. Et si jamais tu as besoin de moi, je reviendrai. À n'importe quel moment.

– En débarquant d'un remorqueur en pleine mer ?

– À la première escale, si nous sommes en pleine mer.

– *Nous sommes*. Pluriel.

– Oui. C'est ce qu'il y a de bien, non ? Et quand tu seras en forme, nous pourrons partir ensemble.

– Mais moi, je ne répare pas les os.

– Il y a également des gens qui s'occupent de la communication, qui recueillent des histoires. Ça aussi, c'est une façon de sauver des vies.

– Pour le moment, je m'emploie à sauver la mienne.

– Tout se passera bien, tu verras. Je sens que ce sera un nouveau début pour nous. Je me contente d'ouvrir la voie. »

J'enfonce le bouchon et actionne le robinet d'eau chaude.

« Qu'est-ce que tu fais ?

– J'ai envie de prendre un bain chaud. Je peux ?

– Je pensais emménager pendant le week-end, mais je crois qu'il y a des serviettes de bain. Si nous couchons ici, en revanche, je devrai passer chez moi.

– Je peux prendre un bain maintenant ? J'ai toujours rêvé d'une baignoire sous une lucarne.

– Bien sûr. Je vais te chercher un peignoir.

– Je crois que j'ai de la fièvre.

– Montre. »

Franco pose les lèvres sur mon front, me prend le pouls.

« C'est possible. Un peu. »

J'arrive et la porte vitrée de la cuisine est fermée. Papa n'est pas à l'intérieur. Marina ne vient jamais le mercredi. Si papa était encore au lit, les volets seraient clos. Il est peut-être sorti, mais c'est bizarre à neuf heures. Je fais le tour de la maison en cherchant les clefs dans mon sac et j'entre par la porte principale. J'entends :

« Au s'cours. »

La voix vient du côté des canapés, mais je n'y vois personne.

« Papa ?

– Au s'cours. »

Il prononce ces mots calmement, comme si c'étaient les seuls qu'il connaissait et qu'il en examinât le son.

« Qu'est-ce que tu fiches ici ?

– Rien, j'aime passer du temps sul'tapis. »

Il est assis par terre, massif et de travers, le visage rouge, le dos appuyé contre le canapé en cuir noir. Le soleil imprime sur son corps les broderies du rideau, ses mains languissent sur ses genoux, tels deux chiens fidèles.

« Que s'est-il passé ? Depuis quand es-tu là ? »

Il soupire deux ou trois fois avant de répondre :

« Depuis hier après l'dîner.

– Oh, Seigneur !

– Y avait un tas d'mousquittes dans le jardin, alors j'suis venu m'poser un peu ici. Mais j'ai mis trop de coussins dans mon dos. Les salopards ! Quand j'ai voulu m'lever pour aller aux toilettes, j'ai glissé par terre. J'ai essayé de m'accrocher au canapé, rien à faire ! »

Il y a une odeur d'urine. À présent, je remarque la tache sombre sur son pantalon.

« Ne t'inquiète pas, nous allons résoudre le problème.

– Aide-moi à m'lever !

– Impossible.

– Alors qu'esse j'fais ? J'reste assis ici pour toujours ?

– J'appelle le 118.

– Tu veux tout d'même pas qu'des étrangers m'voient dans c't'état !

– Ce sont les urgences, ces gens-là ne s'attendent pas à te trouver présentable.

– J'préfère pas.

– D'accord. Dans ce cas, j'appelle Nora. À deux, nous réussirons peut-être à te lever.

– 'Tends. 'Sieds-toi un peu ici. »

Je m'assieds à côté de lui. Je lui presse la main, elle est chaude. Je lui touche le front.

« Papa, tu es brûlant, tu es mouillé, tu risques d'attraper une pneumonie.

– Les bras sont disproportionnés.

– Pardon ?

– Les bras. R'garde. »

Il parle d'un des tableaux qui occupent le mur d'en face, l'imitation d'une danseuse de Degas qui noue son chausson.

« Trop longs. Je ne m'en étais jamais aperçue.

– Humm. Le problème est ailleurs.

– C'est-à-dire ?

– L'a fait le buste trop court et l'a dû ensuite étirer les bras. Autrement, elle aurait pas pu nouer son chausson.

– Tu sais qui l'a peint, non ?

– Freschini. Comme les trois quarts des tableaux qui sont à la maison. »

Freschini était un vendeur du magasin qui, pour compléter son salaire, faisait le ménage dans une clinique vétérinaire. Lorsqu'on organisait des repas à base de risotto à l'occasion des départs à la retraite, Freschini fournissait les nappes. Il se présentait avec des rouleaux verts et on avait l'impression de dîner sur une table d'opération. En compensation, des chaussures disparaissaient de l'entrepôt. De temps en temps, mes parents trouvaient des boîtes déchirées dans le débarras. Ils ont très vite découvert que c'était lui. Mais au début ils ne lui ont rien dit.

« L'était si sympa...

– Il vous a volé de la marchandise pour près d'un million de lires !

– On a fini par lui demander : "Renato, y a un tas de boîtes déchirées dans le débarras, t'es au courant ?" Il est devenu rouge comme une tomate. »

Mon père tousse, il abat deux fois le poing sur son sternum.

« Oh, papa ! Qu'est-ce qui se passe ?

– J'ai un truc ici.

– J'appelle une ambulance.

– Attends ! Tu peux r'dresser le coussin qu'j'ai dans le dos ? Y me gêne.

– Et si tu essayais de te tourner sur le ventre, pour voir si tu peux te mettre à genoux ?

– Dis pas de bêtises, j'me sens déjà assez ridicule comme ça.

– Est-ce que je peux au moins appeler Nora ?

– Attends... Tu sais, hier après-midi j'ai r'gardé une émission sur Focus. On y disait qu'l'univers a treize milliards et soixante-dix mille ans. L'homme, lui... Toute façon, y z'ont pas dit "univers", y z'ont dit "création".

– Bizarre. C'était une émission scientifique ?

– C'était p't-être pas sur Focus. J'crois que je suis passé ensuite sur Telepace[1].

– Ah, voilà. Parce que la "création" présuppose un "créateur".

– Admettons, mais dans c'cas, pourquoi l'aurait fait c'te œuvre-là ? Par magnificence ? » s'exclame-t-il en écartant les bras.

Je souris à l'idée d'un Dieu *grandeur**[2].

« C'est une magnificence cachée, invisible, poursuit-il. Passe que nous, on voit ces deux cents planètes qui nous entourent, quéques étoiles... »

Il écarquille ses yeux luisants.

« ... On disparaîtra, nous aussi. Brusquement, comme les dinosaures. Y semblerait qu'un météore est tombé, un truc gazeux qu'a déplacé l'axe de la Terre et les a tous étouffés. Tu t'rends compte, l'évolution ! Au début, y avait les micro-organismes, puis les amphibiens, puis les reptiles, qu'étaient en substance des serpents d'eau. C'est ensuite qu'sont arrivés les dinosaures et les singes. Et pour terminer, nous aut'. »

Il reste pensif un moment en haletant un peu. Il regarde ce qui transparaît de notre ciel torride, domestique, à travers le

1. Littéralement « Télé-paix », chaîne de télévision catholique. Focus est une chaîne de divertissement, de sciences naturelles et d'histoire, appartenant au groupe Mediaset.

2. Les mots en italique suivis d'un astérisque sont en français dans le texte.

rideau. Je lui serre le bras des deux mains et pose la tête sur son épaule. Il reprend :

« J'me demande quel chemin l'évolution aurait dû emprunter pour qu'on soit aujourd'hui des oiseaux. Ou des poissons. Imagine-nous avec des branchies. »

Je l'écoute haleter et me représente un gros poisson aux branchies pareilles à des soufflets. Saisi d'une nouvelle quinte de toux, il se tape la poitrine. Je m'exclame :

« J'appelle Nora !

– Bon appelle-la ta Nora ! » dit-il, résigné, une fois que sa toux s'est un peu calmée.

Je tire mon mobile de mon sac et téléphone à ma sœur. Elle ne répond pas. Je lui laisse un message. « Papa par terre dans le salon depuis hier soir. Appelle dès que possible. »

« Elle répond pas ?

– Non. Je peux appeler une ambulance ?

– J'préférerais pas.

– Papa, tu as de la fièvre. Tu ne penses pas que tu es resté assez longtemps assis par terre ? »

Il soupire, pince les lèvres.

« D'après toi, on m'enverra à l'hôpital ?

– Je ne sais pas. Peut-être qu'on t'aidera à te lever. Tu garderas un peu le lit et tu te ressaisiras.

– Essayons d'abord, nous.

– Tu es sérieux ?

– Allez ! » m'enjoint-il en étirant les bras vers moi.

Je retrousse les manches de ma chemise, appuie les pieds contre les siens et lui tends les mains. Il m'attrape les poignets.

« Un-deux-trois-hisse ! »

Je tire de toutes mes forces, il tente de se soulever en serrant les dents, il devient encore plus cramoisi, je sens ses doigts glisser le long de mes mains.

« Aïe, aïe, aïe ! » s'exclame-t-il en retombant contre le canapé.

Nous nous dévisageons, le souffle court, dépités.

« Je peux appeler le 118 maintenant ?

– D'accord. Mais d'abord, donne-moi à boire. Ou plutôt, fais-moi un café et apport'le avec deux ou trois biscuits. Si on m'emmène aux urgences, j'risque de mourir de faim. Pourquoi tu soupires ? »

Je lui réponds, les mains sur les hanches :

« Un café et trois biscuits, le dernier souhait d'un moribond. »

Je secoue la tête et vais chercher une bouteille d'eau dans le réfrigérateur. Pendant que je m'efforce de dévisser le bouchon, je l'entends encore tousser. Je m'assieds, au bord des larmes. Je transpire, je me sens très faible, j'ai peut-être de la fièvre, moi aussi. Cette nuit, j'ai eu d'étranges élancements à l'aine. Je rappelle Nora, en vain. Aujourd'hui, je le sais, elle est seule au magasin, mais tôt ou tard il faudra bien qu'elle regarde son téléphone ! Franco avait trois opérations ce matin, je n'essaie même pas. Je compose le 118, mais raccroche immédiatement : le café. Après le café. Je m'efforce une nouvelle fois d'ouvrir la bouteille en me servant d'un torchon : c'est trop dur. L'eau de Quaderni est infecte, mais je la laisse couler un peu et en apporte un verre à mon père. Il la boit avec avidité.

« Encore. »

Je remplis une carafe et la pose sur le tapis.

« Tu arrives à t'en verser ? »

Il hoche la tête. Je regagne la cuisine. Tout en attendant que le café monte, je vide quelques croquettes colorées dans les deux écuelles pour Toni et Lion, dans la véranda. Je regarde une pie sautiller dans la cour.

Lorsque je retourne dans le salon avec le café, mon père halète, la bouche ouverte et les yeux clos.

« Oh !

– Oh ! répète-t-il en ouvrant les yeux.

– J'ai cru que tu t'étais évanoui. Voici le café. Il est déjà sucré. »

Il tend sa main violacée vers la tasse. Je lui donne également le sachet des biscuits Krumiri.

« Il y a du déodorisant dans les toilettes, dit-il.

– Et alors ?

– Vaporise-m'en un peu.

– Tu crois vraiment que c'est le moment ? »

Il se tourne vers la fenêtre, contrarié. Je vais chercher le déodorisant à la salle de bains, actionne le vaporisateur dans la pièce. Figue verte, pas mal, il faut que je m'en souvienne.

« Un peu vers moi.

– Ce n'est pas du déodorant, papa. »

Je pose le spray sur la table et me rassieds près de mon père sur le tapis. Il me prend la main. Je presse la sienne.

« Ce tableau aussi est de Freschini ? »

Je lui montre une espèce d'imitation de Morandi : des maisons pâles sans portes ni fenêtres.

« J'crois bien. R'garde la signature.

– Il ne fabriquait pas aussi des lampes ?

– Oui, avec des pièces de vieux appareils électroménagers. L'avait construit un beau lampadaire avec l'tambour d'un lave-linge. Vrament beau ! Ta maman voulait l'acheter.

– Je m'en souviens. Il avait même fait une exposition, lors d'une fête de village.

– C't'homme-là était multiple, dit mon père en contemplant le tableau de la danseuse.

– Tu veux dire qu'il avait plusieurs centres d'intérêt ?

– J'veux dire qu'il était multiple. Par conséquent, même s'il était un peu voleur… »

La clef tourne dans la serrure, puis Nora apparaît, muette, les mains sur les hanches.

« Tu veux t'asseoir avec nous ? dis-je. Nous bavardions.

– Ben, puisque t'es là maintenant, donne à ta sœur un coup de main pour me relever.

– Comment te sens-tu ? Je n'aime pas du tout la tête que tu as.

– J'serais mieux assis sul'canapé.

– Je crois qu'il a de la fièvre. Et il tousse.

– Peut-on savoir pourquoi tu n'as pas appelé l'ambulance ?

– Il voulait un café.

– Un café ! Mais qu'est-ce que vous avez dans le crâne, tous les deux ? »

Mon père a une autre quinte de toux, il recommence à se frapper l'estomac avec le poing. Nora me foudroie du regard et passe dans la pièce voisine, son téléphone à la main.

« Allô ? Bonjour. Mon père est tombé, il a passé la nuit par terre. Non, nous n'arrivons pas à le relever. Oui, c'est lui qui tousse. Il est cramoisi, ma sœur dit qu'il a de la fièvre. Non, je ne crois pas qu'elle lui ait pris la température. Quaderni, via Biagini, au numéro 31, c'est après la Coopérative agricole, la maison jaune avec un jardin. Famille Benin. D'accord, je vous ouvre le portail. Merci. »

« Psst… Psst ! »

Je me tourne laborieusement vers la porte.

« Tu dors ? »

La silhouette un peu voûtée de mon père se détache, noire, sur la lumière bleutée du couloir. Je jette un coup d'œil à ma voisine de chambre : elle dort la bouche ouverte, elle ne s'est pas encore remise de l'anesthésie. Je murmure :

« Qu'est-ce que tu fiches ici ? Quelle heure est-il ?

– J'sais pas. Le type qu'est dans ma chambre arrête pas d'crier, j'en peux plus. Tu viens ?

– Où ?

– Vous avez pas de salle de télé ici ?

– Chuuut ! »

Je me redresse sur le lit et attends que la pièce cesse de tournoyer. Je me rappelle des visages inquiets, penchés sur moi, et des caresses agaçantes sur ma tête. Puis, hier matin, je me suis réveillée sans fièvre : par chance, les antibiotiques ont eu raison de l'infection. Cela aurait pu être bien pire, a déclaré la docteure au visage ponctué de taches blanches.

J'appuie les mains sur mes jambes pour me lever et entreprends de gagner la porte en me tenant au dossier du lit, à la table, à la poignée des toilettes. Mon père attend, la main sur sa canne.

« Salut, boulazéro », dit-il.

Je me touche la tête et scrute l'obscurité à la recherche de mon turban sur la table de nuit.

« Laisse tomber, sinon j'vais devoir encore patienter une demi-heure. Qui veux-tu qu'ça intéresse ? »

Je n'ai même pas la force de protester.

« Dis-moi de quel côté on va, lance-t-il.

– Je n'en ai aucune idée.

– Si c'est comme en bas, faut aller par ici. »

Il se dirige vers la gauche. Nous marchons en nous aidant de la main courante, lui devant avec sa canne, moi derrière. Nous croisons un infirmier chargé d'une perfusion, qui se contente de nous jeter un coup d'œil. Des gémissements, des râles et des grommellements s'échappent de toutes les portes. Mon père s'immobilise devant l'avant-dernière. Il l'ouvre avec prudence et y coule la main à la recherche de l'interrupteur.

« Nom d'un chien ! Y en a qu'aiment les dragées ! »

Je m'abstiens de commenter. Tout ce rose, assorti au néon, m'évoque un corps nu sur une table d'opération.

« Chez nous aut', en bas, c'est bleu.

– Je ne sais pas si je pourrai rester, j'ai la nausée.

– Dis pas de bêtises ! On n'a pas fait tout ce chemin pour rien ! »

Sur les murs sont accrochés un poster des *Nymphéas* de Monet et l'agrandissement d'une aigrette de pissenlit sur un fond vert. Maman détestait les tableaux des salles d'attente dans les hôpitaux. Aubes, couchers de soleil, arcs-en-ciel, fleurs, « papilions », disait-elle avec une grimace de dégoût.

De toute évidence, cette pièce sert aussi de débarras et de salle de rééducation car elle héberge non seulement un canapé gris en similicuir synthétique, trois tables, un réfrigérateur et une télé, mais aussi des perches pour les perfusions, deux fauteuils roulants, un rehausseur et une passerelle avec main courante.

« Oooh ! s'exclame mon père en se laissant tomber sur le canapé. On pourrait pas ouvrir c'te fenêtre ? »

En effet, il fait chaud et il flotte une odeur de renfermé. J'ouvre et me penche. La fenêtre donne sur le chantier de construction de la nouvelle aile de l'hôpital. Je savoure la caresse de l'air frais sur mon visage.

« Allez, viens t'asseoir ici, près de moi. »

Je prends une grande inspiration et me dirige vers le canapé.

« Attends ! Ouv' le frigo ! dit-il.

– Pourquoi ?

– Ouv'donc ! »

Il est rempli de bouteilles d'eau, de boîtes et de sachets marqués de noms.

« Y aurait pas des fruits ?

– Si, mais ça ne nous appartient pas.

– Qu'esse y a ?

– Des cerises.

– Passe-les !

– Et puis quoi encore !

– Juste pour goûter, pour m'changer l'goût. »

Je soupire, prends deux cerises dans le sachet et les lui tends. Je le regarde mâcher, puis cracher les noyaux dans son poing.

« Et si on demandait d'main à Nora d'acheter d'quoi les remplacer ?

– Non, papa. Ici c'est mon service. Fais dans le tien ce que bon te semble. »

Il fronce les lèvres en simulant une bouderie. Je ne ris pas.

« T'as encore mal au ventre ? demande-t-il.

– Non. Mais j'ai les muscles endoloris. Et toujours une légère nausée.

– Y manquait plus que la neuropénie.

– "Neutropénie", papa. Cela signifie que j'ai peu de globules blancs.

– Bon, c'qu'c'est.

– Voilà pourquoi les infections sont dangereuses.

– L'a l'air d'vrament t'aimer, l'aut'.

– Il s'appelle Franco.

– L'est passé dans ma chambre pour voir comment j'allais.

– Il me l'a dit. Cela fait un moment qu'il voulait faire ta connaissance.

– Mais l'était jamais venu.

– Non.

– Et qu'esse il a dit sur mon compte, lui qu'est médecin ?

– Il est orthopédiste.

– Donc si je m'casse un fémur, ça va.

– Oui.

– Peut-être plus tard.

– Quoi qu'il en soit, il a dit qu'il vaut mieux que tu préviennes quand tu remarques du sang dans ton urine. »

Mon père soupire.

« Tu verras, bientôt tu rentreras toi aussi à la maison, lui dis-je. Comment va ta jambe ?

– On me l'a bien dégonflée. R'garde, on dirait celle d'un aut' ! »

Avec ses mains, il tend l'étoffe du pyjama pour me montrer.

« Maintenant y veulent me faire aussi une coloscopie et un scanner...

– Ce sont juste des examens.

– Croisons les doigts. Mais y a pas de lumière moins forte ? »

Je jette un regard circulaire.

« On pourrait allumer la télé sans mettre le son et éteindre la lumière. »

Il lève les sourcils et acquiesce : cette idée lui plaît. La télécommande est posée sur un petit meuble à côté de la porte, près de l'interrupteur.

« J'y vais ! » dis-je.

J'appuie les bras contre l'assise et parviens à grand-peine à me lever. J'ai le vertige. J'atteins l'étagère tant bien que mal, attrape la télécommande et m'adosse au mur.

« Oh ! s'exclame mon père.

– Tout va bien. »

J'allume la télé sans le son et éteins la lumière. Nous gardons le silence un moment dans la pénombre que l'écran éclaire.

« Tu vois qu't'es intelligente, quand tu veux ? »

Je grogne. J'attends que le vertige passe et retourne m'asseoir sur le canapé, à côté de lui. Sur l'écran défilent les images d'une vidéo qui célèbre le fondateur de l'hôpital.

« On peut pas quitter c'te putain d'chaîne ? demande mon père. Passe-moi l'bidule. »

Je le dévisage et annonce en m'exécutant :

« Si tu veux vraiment regarder la télé, je vais me coucher.

– T'as sommeil ?

– J'ai la tête qui tourne. C'est le premier jour où j'arrive à me lever, j'ai besoin de me reposer maintenant.

– Les aut' opérations, t'étais d'accord pour les faire ? me demande-t-il à brûle-pourpoint.

– Pourrions-nous en parler un autre jour ? »

Il pose une main sur mon genou et le serre. Il émet des bruits de bouche et déglutit, comme s'il s'apprêtait à me dire quelque chose d'abrupt.

« J'attendais que ta maman se réveille de l'anesthésie. Je pensais : Elle va ouvrir les yeux et voir c't'assiette, à gauche. J'arrêtais pas de trembler : genoux, bouche, mains.

– Tu me fais mal. »

Il desserre son étau.

« J'regrette que t'aies écopé d'cet héritage.

– C'est bon, papa, on perd tous des bouts.

– Ouais. Mais y a bouts et bouts.

– Par chance, celui-là était en double. »

Il ne rit pas.

« Et elle, qui c'est ? » lance-t-il.

L'image d'une jeune femme aux mains jointes, au cou penché et aux yeux très clairs tournés vers le haut, presque révulsés, occupe à présent l'écran. Il active le son.

« Je vais me coucher, dis-je.

– Attends ! »

La même photo, à une différence près, apparaît : la femme a une auréole. Elle s'appelle Gemma Galgani. C'est un documentaire sur sa vie. Un homme montre sa maison. Un petit tapis imbibé de sang, à cause des stigmates et des coups de bâton que lui donnait le diable, explique-t-il. Il a l'air normal – souriant, vêtu de sombre. Il ne semble pas exalté. Il indique une commode, affirme que la jeune femme y plaçait les lettres qu'elle écrivait. Son ange gardien s'en saisissait et les apportait à Rome, à son père spirituel.

« Ouais ! » s'exclame papa.

Maintenant on évoque son cœur desséché et les allers et

venues entre l'Italie et l'Espagne qu'il a effectués en avion, parce que les passionnistes espagnols voulaient eux aussi l'adorer. Il y avait toujours des problèmes au check-in : le pilote devait se charger de la petite valise contenant le cœur et la placer dans la cabine en tant qu'effet personnel, faute de quoi on ne l'autorisait pas à l'embarquer. À présent, le cœur est en Espagne. Et le corps à Lucques.

« Qu'esse y font d'un cœur sec ?

– Bonne nuit », dis-je, déjà agrippée au trépied.

Il presse la touche *mute* de la télécommande.

« Tu sais, nous aussi on a eu une sainte.

– Nous ?

– Nous aut' de la basse plaine. À Cason, juste après la guerre. Des foules y allaient, elles se tapaient des kilomètres à vélo pour la voir.

– Qu'est-ce qu'elle faisait ?

– La sainte ? Rien, elle voyait la Sainte Vierge. Elle la voyait l'vendredi, si bien qu'le samedi et l'dimanche l'église était toujours pleine. »

Il a un petit sourire. Il est content d'avoir capté mon attention.

« Pourquoi était-elle sainte ? Elle a bien dû faire des miracles !

– Bah. On disait qu'elle vivait sans manger. J'suis allé la voir, moi aussi, à vélo. L'habitait en dehors du village, en pleine campagne. J'devais avoir dix-sept ou dix-huit ans. Y avait un tas de gens autour du grillage d'sa maison. Certains glissaient des feuilles de papier ou des enveloppes entre les mailles. Peut-être aussi d'l'argent. Puis l'est sortie sur le seuil avec deux femmes : toute vêtue de noir, un châle sur la tête. Maigre. Tout le monde s'est écrié : "Ohhhhh !" L'est montée sur le tas de fumier pour qu'on la voie bien. Les gens se signaient.

Elle nous a salués de la main et a dit qu'elle priait pour nous. Puis l'est rentrée chez elle, et terminé, fin du spectacle.

– On l'a canonisée ?

– Tu parles ! À un moment donné on la qualifiait d'sainte pour rire, passe qu'on avait découvert qu'y s'agissait d'une mise en scène. Oublie pas qu'ça s'passait juste après la guerre, les élections approchaient et les curés auraient fait n'importe quoi pour gagner. L'Italie était pleine de statues d'la Vierge qui pleuraient, écartaient les bras ou s'grattaient la tête. C'était l'époque d'la Vierge pèlerine. T'imagines pas c'que c'était. On s'transmettait de village en village la statue la plus vénérée de chaque endroit. Elle restait exposée dans les églises, y compris la nuit, au-d'ssus d'une p'tite caisse avec une fente, comme une urne. On t'donnait à remplir une fiche qui disait qu'tu te consacrais à la Vierge, fallait y mettre une croix et la glisser dans l'urne. C'est grâce aux Vierges pèlerines qu'les démocrates-chrétiens ont gagné les élections.

– Mais… quelque chose m'échappe : pourquoi les gens ont-ils cru cette femme ?

– L'avait peut-être prononcé une prophétie. Une prophétie qui s'est pas avérée ensuite. L'avait dit, j'crois, qu'une rose pousserait sur le tas de fumier en janvier.

– Une rose ?

– Y avait peut-être aut' chose. Toute façon, à un moment donné, ça a pris fin. Plus d'sainte ni de pèlerinages. Les gens jetaient des cailloux sur ses fenêtres. Par la suite, quand quéqu'un sortait des énormités, on lui disait : Ouais, c'est ça ! Toi, t'es comme la sainte d'Cason ! »

Mon père rit entre ses dents, ses épaules tressautent. Je secoue la tête.

« Si tu me crois pas, fais une recherche, affirme-t-il, un peu vexé. On a cessé de s'y intéresser par la suite, mais y a sûrement des gens qui s'en souviennent. Tout l'monde y est allé, par curiosité aussi. Ça a été une histoire importante, dont les journaux ont parlé. »

Une nouvelle image de la jeune femme apparaît sur l'écran, cette fois vue de face. Les cheveux tirés, le visage émacié. Elle pointe sur l'objectif ses yeux très clairs, comme inhabités.

« Quand est-elle morte ?

– Comment veux-tu que j'le sache ? Pour sûr, personne s'en est aperçu. »

Je contemple le squelette noir d'une grue à travers la fenêtre.

« Ça t'a plu, hein, l'histoire d'la sainte.

– Incomplète.

– Mais quand j'rentrerai à la maison, faudra continuer la mienne. »

Je soupire.

« On continue, oui ou non ?

– Bien sûr. On va se coucher maintenant ?

– Si on arrive pas au bout, ça a pas de sens.

– On a commencé, non ? Et puis je te l'ai promis.

– Non, t'as pas promis. J't'ai payée.

– Je sais. Deux mille euros.

– C'est pas suffisant ?

– On verra. »

Je parcours l'allée de l'hôpital à toute allure sous le soleil à pic. À travers la baie vitrée, je vois Nora assise à une table, qui feuillette un journal.

« Pardon pour le retard, il y avait beaucoup de circulation sur la route nationale.

– Tu es toute rouge. Assieds-toi, bois un peu d'eau. »

Elle porte une chemise à fleurs, à fentes et col Mao, un jean, un collier rouge. Elle a les cheveux gonflés.

« Je ne m'étais pas rendu compte qu'il était si tard.

– Je t'ai appelée.

– J'avais désactivé la sonnerie.

– Tu es allée à la bibliothèque ?

– Non, j'en ai perdu l'envie.

– Où étais-tu alors ?

– J'ai dormi. À ton avis, il vaut mieux que je monte tout de suite ?

– Il a sans doute déjà déjeuné.

– Toi, qu'est-ce que tu prends ?

– J'ai déjà mangé, moi aussi, un sandwich au thon. Je dois être au magasin à trois heures au plus tard.

– J'ai faim. Qu'est-ce que tu as ?

– Vera, Piri est toute seule au magasin depuis vendredi matin.

– J'ai mis le réveil, mais je ne l'ai pas entendu. Je ne m'endors jamais avant cinq heures du matin. »

Nora grimace.

« Dépêche-toi de commander. »

Je me tourne vers la barmaid qui nettoie le comptoir avec une éponge rose.

« On ne sert pas à table.

– Je sais », dis-je.

Je me lève et commande une salade *caprese* avec une petite bière.

« Qu'est-ce que ça signifie, tu as perdu l'envie ? interroge Nora à mon retour. Tu semblais te passionner pour cette histoire...

– Mais oui, j'irai à la bibliothèque. Je me demande si les journaux en ont vraiment parlé. Papa n'a même pas su m'indiquer l'année précise. Si ça se trouve, il s'agit d'un entrefilet de dix lignes.

– La prochaine fois que tu changeras de programme, avertis-moi pour que je puisse m'organiser.

– J'ai l'impression que Piri s'en tire très bien toute seule.

– Les pieds la dégoûtent, elle ne fait pas essayer les chaussures aux clientes.

– Vraiment ?

– Si elles ne sont pas capables de les essayer toutes seules, elle prétend qu'elle n'a pas leur pointure. Tu connais l'âge moyen du quartier, non ?

– Et toi, tu ne lui dis rien ?

– Pour le reste, elle est très bien, tu as vu ses vitrines ? Mais certaines clientes n'entrent que si elles me voient... C'est quoi, ce petit sourire ?

– Rien.

– Alors, demain matin tu viendras ? Il faut parler aux médecins.

– Nous nous sommes déjà entendues en ce sens, me semble-t-il.

– Tu te réveilleras cette fois, hein ?

– Demain, Franco est à la maison.

– Bien. Vera, j'espère que tu guériras vite, mais je suis contente que tu m'épaules. Toute seule avec papa, je ne m'en serais pas tirée. »

Je dois accomplir un effort pour ne pas relever son allusion à mon absence auprès de maman.

« Comment l'as-tu trouvé ce matin ? »

Elle roule les yeux.

« Son côté grossier ressort. Cette nuit, comme son voisin de lit hurlait, il a demandé qu'on le change de chambre. Ce matin, j'étais là quand les infirmiers ont décidé d'installer le pauvre homme dans un débarras. Papa leur a dit : "Vous l'emmenez ? Je vous remercie beaucoup." »

Je cache mon visage derrière les mains et écarte deux doigts pour épier ma sœur.

« J'avais envie de disparaître sous terre, dit-elle. Quand j'atteins mes limites, je descends lui chercher une bouteille d'eau fraîche.

– Il en a une belle rangée, je l'ai remarqué ! »

Nora m'adresse un clin d'œil et ramène une mèche de cheveux derrière son oreille.

« Sincèrement, je suis inquiète qu'on nous le renvoie dans cet état. Et puis tu as ton traitement dans une semaine… Comment allons-nous nous débrouiller ?

– Franco est là.

– Il ne part pas ?

– Si, le 15 juillet. J'aurai le temps de me rétablir d'ici là.

– Croisons les doigts. Piri est en vacances à partir du 7. Heureusement, Alice sera à son camp d'été. »

Je regarde une dame en pyjama cracher dans un mouchoir, à la table voisine, et pense que j'en ai assez d'être considérée comme un problème à gérer.

« Salade *caprese* et bière ! » s'écrie la barmaid.

Je me lève et vais chercher le plateau.

« J'hésite à te le dire maintenant ou à attendre que tu aies mangé, déclare Nora.

– Quoi ? »

Elle ricane.

« Que s'est-il passé ? Ou tu parles ou tu te tais. »

Elle passe une main dans ses cheveux.

« Lion, répond-elle. Je n'ai pas encore réussi à le dire à Alice.

– Quoi ?

– Mercredi après-midi, je suis allée à Quaderni chercher du linge de rechange pour papa, tu sais ?

– Oui, et alors ?

– Il était sous le grenadier, mort. »

Je me mords la main.

« J'ai regardé, mais je n'ai pas vu de blessures. Comme il sentait atrocement mauvais, j'ai mis une pince à linge sur mon nez et l'ai fourré dans un sac en plastique.

– Seigneur !

– Oui. Puis je me suis attaquée au ménage, et le temps a passé. Avant de remonter en voiture, je suis allée chercher une pelle pour l'enterrer, mais la terre, là-bas, est aussi dure que du béton. Alors j'ai pris une pioche et j'ai réussi à creuser une petite fosse. Quand j'ai récupéré le sac, je me suis aperçue qu'il n'y avait déjà plus que de la bouillie et des os.

– C'est dégueulasse !

– En effet. Je n'ai pas pensé à le mettre à l'ombre, quelle crétine ! Tu ne manges pas ?

– Tu l'as enterré ?

– Non, le trou n'était pas assez profond, et le sac puait horriblement. Je l'ai enfermé dans cinq autres sacs et l'ai emporté.

– Et Toni ?

– Il se promenait, il allait bien.

– Heureusement. Et qu'est-ce que tu as fait du sac ?

– Ah, je sais que c'est mal, mais j'ai pensé qu'il n'y avait qu'une seule chose à faire : le déposer dans une poubelle. Je me suis dit que j'en trouverais une sur le chemin de l'hôpital. J'ai fini par m'arrêter près des conteneurs à Borgo Trento, mais une Duster noire me suivait. Alors j'ai continué, j'en ai cherché d'autres et je suis descendue avec le sac. Mais la Duster était de nouveau là. J'ai rassemblé mon courage et suis allée demander au conducteur s'il m'en voulait. Je me suis rendu compte que c'était Vincenzo, à bord d'une nouvelle voiture ! Il allait lui aussi à l'hôpital rendre visite à papa, il a dit qu'il m'avait laissé deux ou trois messages pour savoir si cela me contrariait. Mais j'étais partie en vrille à cause de l'histoire du lapin et je n'avais même pas regardé mon portable. Depuis un moment, Vincenzo demande à me voir, et je repousse, je repousse à plus tard. Il est revenu à la charge depuis qu'Alice est partie à la mer avec sa copine. Il espérait me voir à l'hôpital, mais il m'a aperçue sur la route. Il a pensé : Elle met trois plombes pour jeter ses ordures ! Je lui ai tout raconté. Alors il a dit : "Tu veux que je m'en charge ?" Pour une mystérieuse raison, j'ai refusé, j'ai dit que je le ferais plus tard, que je devais d'abord penser à un rituel. Il a demandé : "Et pour nous, on ne devrait pas penser à un rituel ? Notre rupture ne devait pas être provisoire ?" On a failli se disputer, le lapin à la main, alors que les poids lourds nous éventaient en passant à côté de nous. Je lui ai dit qu'il était tard, que c'était déjà l'heure des visites. Je suis remontée en voiture, le lapin dans le coffre, une de ces odeurs... Et Vincenzo m'a suivie. Mais il n'a pas voulu entrer dans la chambre, à mon avis c'était juste un prétexte pour me voir. Je n'ai même pas dit à papa qu'il attendait dans le couloir. Quand nous avons quitté l'hôpital, j'ai remis le sac dans le coffre, car je l'avais fourré sous la voiture pour éviter d'empuantir l'habitacle. Vincenzo m'a invitée avec insistance à déjeuner. Nous sommes allés à Parona, dans un endroit où on mange du poulet avec les doigts.

– Comment ça s'est passé ? »

Elle hausse les épaules.

« Je ne sais pas. Nous avons décidé de nous voir la semaine prochaine, calmement. Nous irons dîner dehors. Mais Alice revient demain et je préférerais ne rien lui dire. Tu pourrais l'inviter à dormir chez toi, un de ces soirs ?

– Bien sûr.

– Merci.

– Et le lapin ?

– Le lapin... Avant le déjeuner, j'avais de nouveau mis le sac sous la voiture, et je l'ai repris quand nous sommes sortis. Vincenzo a dit : "Ça suffit maintenant, avec c'putain de lapin !" Mais il n'y avait pas de conteneurs, juste une petite poubelle de rue. Je l'y ai déposé. Je sais, ce n'était pas l'idéal. J'ai arraché quelques marguerites au bord de la route et je les ai fourrées dedans. Je crois que j'ai aussi dit une prière.

– Nora... »

Elle écarte les bras.

« En repartant, j'ai eu un tas de scrupules. Dis quelque chose, s'il te plaît.

– Tu l'as annoncé à papa ?

– Je n'y arrive pas. Tu ne pourrais pas t'en charger, toi ? »

« Pourquoi pas dans le jardin de papy ?
– Les moustiques nous auraient dévorées.
– Et pas ici ? Regarde toutes ces mordures ! »
Alice lâche le piquet et me montre l'intérieur de ses bras.
« Une, deux, trois, quatre et cinq ! Franco n'a pas d'Autan ?
– Je crois que si, va voir dans le deuxième tiroir, à la cuisine.
– Tatie…
– Humm.
– Les moustiques mordurent les lapins ?
– Je ne sais pas, Alice.
– Toni est tout seul, là-bas. Et s'il mourait lui aussi ?
– Tu verras, il ne mourra pas.
– J'aimerais l'emmener à la maison, au moins tant que papy est à l'hôpital.
– Pourquoi pas ? Je pense que papy serait content, tu peux demander à maman.
– Elle a dit qu'elle ne voulait plus entendre parler de lapins.
– Je comprends.
– Prends-le, toi !
– Seigneur…
– S'il te plaît, tatie.
– Je ne sais pas. Il faut que j'y réfléchisse.

– S'il te plaît !

– Allez, va chercher de l'Autan. »

Elle me dévisage un moment, les poings serrés, puis se dirige d'un pas décidé vers la maison en se nettoyant les mains sur le derrière de son jean, sa queue de cheval se balançant à droite et à gauche. Je m'assure une nouvelle fois qu'il n'y a pas de pierres ou d'autres aspérités sous la bâche et finis de planter les piquets. Il faut que j'attende Alice pour fixer les arceaux avec le toit. C'est elle qui a eu l'idée de dormir sous la tente, j'avais même oublié que j'en possédais une. La dernière fois que j'ai passé la nuit dessous, c'était à Amorgós. Avec Janis.

« Il n'y en a pas ! »

Alice se présente, les mains dans le dos.

« Mais j'ai trouvé ça. »

Elle exhibe une boule d'un blanc laiteux de six ou sept centimètres de diamètre.

« Montre. »

Elle la pose sur la paume de ma main en la tenant entre deux doigts. Elle est froide et lourde, dotée de luminescences colorées.

« On dirait de l'opale.

– Je peux la garder, tatie ?

– Elle ne m'appartient pas.

– Elle est à Franco ?

– Je ne sais pas. À lui, ou à son collègue plus probablement.

– J'aimerais beaucoup la montrer à papy.

– Pourquoi ? »

Elle garde le silence.

« Il vaut mieux que tu la remettes là où tu l'as trouvée.

– Après, c'est d'accord ? En attendant, je la pose ici. »

Elle l'installe en équilibre sur les racines du cerisier.

« Alice...

– Laissons-la ici pour le moment. C'est une expérience.

– D'accord. Finissons de monter la tente avant que la nuit tombe. Prends les arceaux, il faut les croiser en haut et les glisser dans les œillets. »

Je la regarde se mouvoir avec agilité, on dirait qu'elle a passé sa vie à monter des tentes. Elle porte le tee-shirt noir montrant une section d'arbre et barré de l'inscription GREAT THINGS HAVE SMALL BEGINNINGS qu'elle a demandé à Nora pour son anniversaire. Elle a ôté ses sandales pour marcher sur la bâche, les ongles de ses mains et de ses pieds sont recouverts de vernis noir. Je l'imagine dans dix ans montant une tente sur un chantier international. Mais comment sera Alice dans dix ans ? Serai-je encore là ?

« Et les matelas ? On les gonfle en soufflant ? »

Je les ai étendus sur l'herbe pour les aérer.

« Je crois que j'ai oublié la pompe électrique. »

Elle s'accroupit sur la pointe des pieds et cherche la valve le long des bords.

« Ils puent, tatie. »

Je les renifle. C'est vrai, ils sentent le moisi.

« Viens. »

Elle me suit jusque dans la maison. Nous prenons tous les cousins du canapé-lit et les installons dans la tente, puis nous nous allongeons. À travers un carré transparent nous pouvons voir le ciel qui s'assombrit.

« *Òlof, òpi.* »

Je me tourne vers elle.

« Quoi ?

– *Òlof, òpi.* Ça veut dire "Salut, amie".

– C'est quoi, cette foutue langue ? »

Elle tend le pied pour caresser la toile au-dessus de nos têtes et sourit.

« Le yàtalan.

– Quoi ?

– C'est une langue extraterrestre. Je l'ai inventée avec papy. Nous avons écrit un dictionnaire.

– Vraiment ? Tu le connais par cœur ?

– Il ne contient que quelques phrases.

– Alors, c'est ce à quoi vous vous occupez dans son bureau, quand vous ne vous empiffrez pas de chocolat ?

– Oui, aussi. *Òco pàto.*

– C'est-à-dire ?

– *Goung pourshk !*

– Quoi ? »

Alice passe les bras autour de ses jambes et rit en se balançant sur le dos.

« D'accord...

– Papy et moi, on a inventé cette langue parce qu'on en avait besoin pour faire parler des personnages.

– Ah ! »

Je m'assieds en tailleur devant elle.

« C'est une très belle histoire ! poursuit-elle. Mais il m'a fait promettre de n'en parler à personne.

– Pourquoi ?

– À cause de la boule. Autrement, elle perd son pouvoir. »

J'indique la direction dans laquelle la sphère d'opale se trouve, de l'autre côté de la tente. Elle hoche la tête.

« C'est un cadeau que les extraterrestres ont fait à mon arrière-grand-père. Ou arrière-arrière-grand-père. Bref, au grand-père de papy. Il s'appelait Nao.

– J'ai compris : celui qui racontait des histoires à l'auberge en échange de *canons*.

– Tu veux que je te la raconte ?

– Si c'est possible.

– Bon, un matin Nao se réveille et découvre une sorte de nain blanc aux oreilles en pointe qui le regarde, debout près de son lit…

– Oh Seigneur…

– En effet, il prend peur immédiatement. Mais le nain le touche de son doigt très long, comme ça… »

Elle presse l'index au milieu de mon front.

« C'est quoi, le cousin d'E.T. ?

– Tatie !

– Pardon. Continue.

– Bref, Nao se rend compte qu'il peut comprendre tout ce qu'il dit et même lui répondre dans sa langue.

– Le yàtalan.

– Exact. Il comprend qu'il s'appelle Moun et qu'il vient de Yàtala, une planète très lointaine. Que son vaisseau spatial s'est cassé et qu'il n'a plus rien pour se nourrir. Le problème, c'est que les Yàtalans ne mangent que des *hiases*, des *bibis* et des *trogues*.

– C'est-à-dire ? »

Alice m'adresse un petit sourire de suspense avant de répondre :

« De gros vers blancs, de gigantesques sauterelles blanches et une sorte de navet blanc. Parce qu'on ne trouve rien d'autre sur Yàtala. En effet "Yàtala" signifie "planète blanche" : *yà tala*, tu as compris ?

– Oh.

– Nao lui dit qu'il ignore où trouver cette nourriture sur

Terre, mais il a une idée : il va à l'étable et lui rapporte du lait. Parce que le lait est blanc, tu as compris ?

– Génial.

– C'est moi qui ai eu l'idée du lait.

– Félicitations.

– En signe de reconnaissance, Moun offre une boule à Nao. Il la pose sur sa main et l'invite d'un signe à la frotter. Dès que Nao la frotte, la boule commence à émettre une lumière fluorescente, à se réchauffer, et cette chaleur se déverse dans le corps de Nao…

– Se diffuse.

– *Se diffuse*, répète-t-elle en faisant une grimace, dans tout le corps de Nao, et la douleur à sa jambe disparaît.

– Il avait mal à la jambe ?

– Oui. "Attention, dit Moun à Nao, tu peux utiliser la boule pour guérir toutes les personnes que tu veux, mais tu ne dois absolument pas en parler, sinon elle perdra son pouvoir."

– Ah, voilà.

– Hélas, Nao boit. Le soir, il va à l'auberge et, au bout de trois verres, il se met à parler de Moun et de la boule. Tout le monde se moque de lui, à l'exception de l'aubergiste qui a remarqué que Nao ne boitait plus. Il le suit jusqu'à sa maison et lui vole la boule.

– Qui avait perdu ses pouvoirs !

– Ce n'est pas tout ! Entre les mains de la mauvaise personne, elle devient maléfique. Effectivement, au bout de quelques jours, l'aubergiste enfle comme une grenouille et meurt. Nao comprend donc qu'il la lui a volée ! Il s'introduit chez lui pour récupérer sa boule, mais ne la trouve nulle part. Depuis, elle n'a plus réapparu.

– Fin de l'histoire ?

– Oui. Papy a dit que s'il avait reçu la boule, il l'aurait utilisée pour guérir mamie et, maintenant, toi aussi. Et pour guérir sa jambe.

– Manque de chance.

– Tu sais ce que papy a dit ? Que j'ai le devoir de retrouver la boule. Il a dit que c'est ma mission secrète, et moi je lui ai promis que je ne cesserais jamais de la chercher.

– Mais tu n'aurais pas dû m'en parler.

– J'étais bien obligée, puisque c'est toi qui as la boule ! S'il te plaît, tatie, je peux la garder ? Personne ne s'en apercevra. Elle était là-bas, dans le tiroir des babioles.

– Ah, la petite maligne !

– S'il te plaît !

– Attends. De quelle expérience parlais-tu ? Alice, on ne plaisante pas avec certaines choses.

– Mais je ne plaisantais pas. Je peux la garder ?

– Non. Si tu veux, nous pouvons en chercher une sur Internet. »

Alice hausse les épaules. Je me rallonge à mon tour. Nous contemplons le ciel qui a noirci.

« Tu peux enlever ton turban, si tu veux. Ça ne m'impressionne pas. »

Elle a prononcé ces mots sans me regarder.

« Je l'enlèverai avant de dormir. Tu n'as pas faim ?

– Un peu.

– On commande une pizza ?

– D'accord.

– Hé, tu ne vas tout de même pas me faire la tête !

– Je ne te fais pas la tête.

– Tu me fais la tête.

– Maman est sortie avec papa, hein ?

– Je ne sais pas.

– Elle est sortie avec papa. C'est lui qui me l'a dit.

– Ce n'est pas bien, ils avaient décidé de ne pas t'en parler. Pour éviter que tu te fasses des illusions.

– Aucune envie qu'ils se remettent ensemble, ces deux-là ! Je suis contente qu'ils se voient, inutile de me raconter des salades.

– Dis-le à ta mère. »

Alice me dévisage.

« Qu'est-ce qu'il y a ?

– Qui, de vous deux, ressemble le plus à mamie ?

– Je ne sais pas. Nora et elle étaient très complices, elles riaient beaucoup ensemble. Moi... mamie disait que nous avions les mêmes défauts.

– C'est-à-dire ?

– Elle ne l'a jamais précisé. Mais je pense que c'était le désir d'être toujours ailleurs. Bref, l'idée que la vie que tu mènes n'est pas la tienne. Et ce n'est pas facile pour ton entourage.

– Est-ce que tu penses être au mauvais endroit maintenant ? »

Je souris. « Tu te souviens de mamie ?

– Parfois j'ai l'impression de me rappeler ses cheveux. Mes mains dans ses cheveux. Et un médaillon avec des pointes.

– Un soleil en or. Mais tu l'as probablement vu sur des photos, tu n'avais que deux ans et demi.

– Je me souviens qu'il piquait.

– Parfois elle te serrait très fort contre elle... Comme si elle s'agrippait à toi pour éviter qu'on l'emmène. »

Alice me prend la main et la presse entre les siennes.

« Romaine avec des artichauts ? dis-je.

– Non, mozzarella de bufflonne et basilic.

– Deux bufflonne-basilic. Et quand Franco rentrera demain matin, il nous apportera des viennoiseries ! »

« Qui est Gimmy ? »

Nora est apparue dans le salon, un réveille-matin à la main, tandis que, allongée en culotte sur le canapé en suédine, j'écoute pour la troisième fois, sur la stéréo, la cassette de Janis Joplin au casque.

« Ne m'emmerde pas, lui dis-je en posant de nouveau le regard sur la lampe à fibres optiques qui vire à présent du rouge au lilas.

– Tu me dis qui c'est ?

– Personne.

– Alors pourquoi tu as écrit son nom sur le réveil ? Tu as gratté tout l'or, tu l'as abîmé. C'est aussi mon réveille-matin. »

J'ôte le casque.

« Retourne à la cuisine, va regarder la télé.

– C'est ton amoureux ?

– C'est un ami. Il a vingt ans. »

Nora s'assied dans le fauteuil.

« Si les parents apprennent que tu sors avec un type de vingt ans…

– Je ne sors pas avec lui. On se voit et on discute.

– Il t'a embrassée ?

– Oh, tu ne comprends rien ! De toute façon, on ne s'embrasse pas. On parle. On discute.

– De quoi ?

– De trucs qui ne t'intéressent pas. De musique. De sexe.

– Ça m'intéresse. »

J'observe ma sœur. Les mains entre les genoux, les pieds qui ne touchent presque pas le sol, elle boude. Les lueurs de la télé s'échappent du couloir.

« Viens », lui dis-je.

Nora s'assied à côté de moi. Je mets le casque sur sa tête en écartant les douces boucles blondes de ses oreilles. Je colle une des miennes sur un écouteur. De près, elle dégage une odeur de transpiration sucrée. Elle sent aussi les cigarettes Muratti de maman. Je l'embrasse.

« Oh ! s'exclame-t-elle en se dégageant.

– Tu aimes cette chanson ?

– Elle est terminée. Je peux en écouter une autre ? »

Je presse la touche *stop* et ôte le jack du casque.

« Installe-toi confortablement », lui dis-je.

Nora s'étend, les genoux fléchis, sur le canapé. En glissant, sa robe jaune découvre ses jambes rondes.

« Elle s'appelle Janis Joplin. Gimmy prétend que je lui ressemble.

– Pas la voix.

– Il dit physiquement. Je veux apprendre à chanter, je veux parcourir le monde. Dès que j'aurai dix-huit ans, je quitterai cet endroit de merde. Toi aussi, il faut que tu partes.

– Pourquoi ?

– Parce qu'il n'y a rien ici.

– Et où j'irai ?

– Je ne sais pas.

– Je pourrai aller où tu iras ?

– Tu pourras venir de temps en temps.

– Pourquoi juste de temps en temps ?

– Tu auras ta vie. Il est normal de se séparer quand on grandit.

– Mais je ne veux pas.

– Pour le moment, tu ne veux pas. On se passera de longs coups de fil. Tu vivras à Londres et moi à New York. Je te dirai : Tu te rappelles le soir où tu es venue dans le salon et où je t'ai fait écouter Janis Joplin ? Et tu diras : Non.

– Ce n'est pas vrai, je n'oublierai jamais cette soirée.

– On ne peut pas se souvenir de tout. Notre cerveau est comme un disque, seules douze chansons y tiennent. Celle-ci s'intitule *Summertime*. »

Je sors de la bibliothèque municipale et cherche un endroit à l'ombre où lire tous les articles sans m'interrompre. Je choisis le muret de la cour, un peu à l'écart du coin où sont entassés les biens d'un groupe de sans-abri qui ont élu domicile dans la bibliothèque : ils s'y lavent, lisent, rechargent leurs portables et dorment, la tête abandonnée sur les tables.

La tâche a été beaucoup plus facile que prévu : le bibliothécaire m'a tendu les microfilms des années 1946, 1947, 1948, 1949 et 1950, puis m'a attribué une place. Je pensais devoir feuilleter pendant des heures de grandes pages jaunies, or il m'a suffi d'appuyer sur une touche et *frrrr*, les mois se sont écoulés aussi rapidement que dans la vie. Parvenue aux faits divers locaux du 14 août 1948, j'ai bondi sur mon tabouret :

Cason attend impatiemment qu'une heure sonne.

J'ai tout lu d'une traite :

« On afflue du voisinage, mais aussi d'autres localités de la région, depuis plusieurs semaines à Cason – petit hameau de la commune de Quaderni –, attirés par l'annonce d'un événement extraordinaire qui devrait se produire au cours des prochains jours. C'est là, en effet, que réside Annamaria Bigani, la jeune femme qui affirme avoir eu ces derniers mois plusieurs visions de la Vierge, laquelle lui aurait révélé la date exacte de sa mort. Cette prédiction exceptionnelle trouverait sa confirmation dans les dons surnaturels que la jeune femme aurait reçus. Selon cette prophétie présumée, son trépas devrait advenir dans la nuit du dimanche 15 au lundi 16 août, entre minuit et une heure du matin, ce qui explique l'état d'excitation et d'impatience dans lequel vit Cason ces derniers jours. Le curé du village et les autorités religieuses s'abstiennent de formuler toute déclaration sur ce sujet, et personne ne peut approcher l'intéressée, qui mène une vie irréprochable. Dimanche, une commission de médecins – qui a déjà examiné Annamaria Bigani par le passé – se rendra sur place pour exprimer un éventuel avis scientifique à propos de cet événement. La prudence et le bon sens conseillent de réfréner une curiosité qui, pour le cas où elle deviendrait morbide, risquerait de troubler la tranquillité de la famille, déjà assez éprouvée par cette histoire déconcertante. Ces derniers temps, nous avons assisté dans notre pays à des épisodes d'hystérie collective : il serait sage de ne pas répéter cette erreur afin d'éviter le ridicule, ou d'apporter foi à des spéculations répréhensibles. »

Telle était donc la prophétie : la « sainte » avait indiqué le jour et l'heure de sa mort ! Je vous en donnerais, des roses sur le tas de fumier ou des jeûnes rompus ! Tout exaltée, j'ai continué de visionner la bande à la recherche de l'article suivant. Qui datait du lendemain, 15 août : « Des milliers d'habitants du petit hameau de Cason attendent minuit. » Je me suis mise à le lire également, mais le type qui faisait la queue derrière moi, un septuagénaire doté d'un gros nez et d'une chemise jaune froissée, a commencé à soupirer. Alors, je suis allée de l'avant, à la recherche d'autres articles. J'en ai déniché trois, du 16, du 17 et du 18 août : « La jeune habitante de Cason n'est pas morte » – sous-titre : « Quinze mille personnes ont attendu toute la nuit son trépas. Les médecins réservent leur jugement sur l'origine de ses stigmates. » Quinze mille personnes. « La jeune "sainte" de Cason plongée dans un sommeil serein. » Et le dernier : « Le calme est revenu dans le village de la sainte. »

J'ai noté également ces pages, avec leur date, sur le formulaire que j'ai tendu au bibliothécaire avec ma clef USB ; après quoi j'ai acheté une carte pour imprimer les articles.

J'appuie les mains sur le pli que j'ai posé sur mes genoux et contemple un moment le ciel lactescent qui surplombe la cour et ses petits événements – un avion qui passe, un pigeon qui plane jusqu'au toit d'en face – pour faire le vide dans mon esprit et ménager de la place à cette histoire.

À mon arrivée, à huit heures du matin, je découvre ma sœur, assise sur le lit, fouillant le petit coffre de la table de nuit.

« On l'a emmené faire une radio du thorax. »

Elle saisit entre deux doigts un sac dégoulinant et le laisse tomber dans la corbeille. Je simule un vomissement.

« Ce ne sont que des fruits pourris, tu n'as pas vu ce que j'ai trouvé hier chez lui !

– Vas-y. »

À présent, plus rien ne m'étonne. Je m'assieds sur l'accoudoir du fauteuil lilas, devant la fenêtre, et m'évente avec la *Settimana Enigmistica* abandonnée sur l'assise. Nora ouvre un paquet de Pavesini déniché dans le tiroir et fourre un biscuit dans sa bouche.

« Pardon, je n'ai pas encore pris mon petit déjeuner. »

J'attends qu'elle ait terminé d'avaler.

« Des vers », déclare-t-elle ensuite.

J'écarquille les yeux.

« Mais où ?

– Dans la véranda. Des centaines, peut-être des milliers de vers. Ou de larves, je ne sais pas. Une invasion. Verts, à pois noirs. Ils ont entrelacé des fils entre les arbres et la maison et ils vous tombent dessus. En l'espace de deux jours ils ont desséché la plupart des plantes qui poussent autour et ils se multiplient à vue d'œil. Le jasmin était déjà mort, mais maintenant tout le buis a crevé. Ainsi que l'olivier de maman. Branches sèches et poisseuses, feuilles noires.

– Qu'est-ce qui se passe ? Les extraterrestres ont débarqué ? »

D'instinct, je me gratte dans le cou et derrière les oreilles.

« On est obligé de se frayer un chemin en arrachant avec les mains ces fils poisseux. »

Elle mime la scène. Nora dans la jungle. Je demande :

« D'après toi, c'est en rapport avec la mort de Lion ?

– J'y ai pensé, moi aussi. Si ça se trouve, il en a mangé. Ou ils l'ont mangé, lui.

– Ouais...

– Oh, tu devrais les voir bouffer ! Et tu ne peux toucher à rien sans qu'ils surgissent entre tes mains. Eux ou leurs larves et leurs minuscules vers. En introduisant la clef dans la serrure, j'en ai écrasé un. Ils risquent d'avoir dévoré tous les meubles, à notre prochaine visite, j'en ai bien peur. »

Elle secoue la tête et grignote un autre biscuit.

« Et Toni, tu l'as vu ?

– Je l'ai emmené.

– Chez toi ?

– Évidemment ! Avant qu'il mange les vers.

– Ou que les vers le mangent, lui.

– Et ça t'amuse ! »

Elle agite les doigts près de sa bouche – pour indiquer une moustache, des petites pattes ou des dents supplémentaires ? Je l'ignore.

« Bon, dis-je. Alice doit être ravie.

– Elle refuse que je le mette en cage, si bien que je trouve des petites crottes rondes partout. Un jour, j'ouvrirai la porte vitrée et le laisserai partir comme il est arrivé.

– Je te le déconseille.

– Tu sais quoi ? Il grogne quand je m'approche.

– Il est probablement effrayé.

– Dès que le problème des vers sera réglé, je le ramènerai chez papa. À propos, le jardinier habituel est en vacances, mais son associé est là : il est libre dès cet après-midi, s'il ne pleut pas des cordes. Il faudrait aller lui ouvrir. Moi, je n'ai aucune envie de retourner là-bas.

– Et Marina ? Quand rentre-t-elle de Turin ?

– Pas de sitôt, j'en ai peur. Son père ne va pas bien du tout.

– Bordel. Bon, j'irai. Même si nous n'avons pas besoin d'un jardinier, mais d'un *stalker*. » Nous avons vu ensemble le film de Tarkovski au cinéma Lumière, un jour où elle me rendait visite à Bologne.

« C'est le même genre d'atmosphère. Qui voulait détruire la chambre des désirs au moyen d'une bombe ? interroge-t-elle en mâchant le dernier biscuit.

– Le scientifique, je crois.

– Tu penses qu'il avait raison ? Tu penses que nous devons avoir peur de nos désirs les plus profonds ? »

Sa voix trahit une note de peur. Je réponds :

« Je ne sais pas, je ne me connais plus.

– Oh, Seigneur ! » s'exclame-t-elle.

Elle froisse l'emballage des biscuits et rate le panier au moment même où la femme de ménage brune se présente avec le chariot du ménage.

« Les fauteuils et les lits sont réservés aux patients, déclare-t-elle, les mains sur les hanches.

– Pardon », lui répond ma sœur en se levant.

Je l'imite et ramasse le papier.

« Dehors ! »

Nous prenons nos sacs et gagnons le couloir. Nous nous attardons devant une porte sur laquelle s'étale l'inscription VIDE BASSINS.

« En quoi consiste son travail ? À mettre du poison ?

– Quoi ? lance ma sœur, inquiète.

– Je parle du jardinier.

– Ah. Probablement. C'est aussi pour cette raison que j'ai décidé de mettre Toni en sécurité.

– Tu n'aimes pas ce lapin, n'est-ce pas ?

– Forcément ! Depuis qu'il est là, les emmerdes se produisent en série ! Quoi qu'il en soit, je l'ai poursuivi dans tout le jardin. Je n'arrivais pas à le coincer. Il était quatre heures de l'après-midi, il faisait une de ces chaleurs... À un moment donné, je t'ai même appelée pour te demander ce que tu en pensais, mais tu ne m'as pas répondu.

– J'étais à la bibliothèque. »

« Et maint'nant, où l'est ? » interroge mon père.

Je l'ai informé de l'incident en l'accompagnant, à mon bras, dans la salle de télé bleue. Le menton baissé sur la poitrine, la jambe vibrant nerveusement sous la table, il me dévisage.

« Elle l'a emporté chez elle.

– Dans la poubelle. »

J'acquiesce. Mon père ôte ses lunettes, dont il se met à écarter et refermer les branches.

« J'arrive pas à croire qu'toutes ces emmerdes nous arrivent en rafale ! » s'exclame-t-il au bout d'un moment.

Je ricane afin de détendre l'atmosphère. Il ne relève pas et poursuit : « Pour payer l'jardinier, tu trouveras deux cents euros dans l'troisième volume de l'encyclopédie *Jésus* et trois cents dans la poche de mon pantalon bleu, dans ma chambre.

– D'accord. De toute façon, Nora a dit qu'ils n'ont pas besoin d'être payés maintenant. Ils feront le devis ensuite.

– S'y l'font ensuite, ce sera pus un devis. »

Un ferraillement de chariot retentit dans le couloir.

« V'là la soupe, dit-il, faut retourner dans la chambre. »

Dans le lit voisin du sien il y a maintenant un homme pourvu d'un masque à oxygène. Mon père me tend un numéro de *Focus* et me réexpédie à la salle de télé.

Je m'assieds sur l'unique canapé. Il y a là des pages et des pages sur la civilisation maya. Un article est consacré au site de Chichén Itzá. On y voit une photo de la pyramide de Kukulcán et une autre de l'anneau, situé à six mètres de hauteur, à travers lequel on devait faire passer la balle dans le jeu de pelote qui, je le découvre maintenant, avait chez ce peuple de fortes connotations rituelles : les matchs étaient des événements religieux qui comportaient des sacrifices humains. Les joueurs étaient censés repousser, des hanches, une balle en latex de vingt centimètres de diamètre et de quatre kilos, qu'on enterrait probablement par la suite avec d'autres offrandes rituelles. Compte tenu de son poids, elle valait aux joueurs, lorsqu'elle les frappait à des endroits particulièrement vulnérables, non seulement de gros bleus, mais aussi des contusions parfois mortelles. Certains chercheurs supposent qu'on décapitait le capitaine de l'équipe gagnante au terme de la partie en un sacrifice qui représentait un passage vers la déification. D'ailleurs, disent-ils, on continuait peut-être de jouer avec sa tête, imitant les divinités d'outre-tombe qui, selon le Popol Vuh – l'ancien livre des mythes et des légendes mayas –, avaient joué avec la tête du futur dieu Soleil. Ces terrains de jeu – longs, étroits et peints en couleurs vives comme des théâtres – étaient en effet considérés comme des passages qui mettaient ce monde en communication avec celui des Enfers, que les Mayas appelaient Xibalba.

Je regarde par la fenêtre la grue qui domine le chantier et m'interroge sur le poids d'une tête coupée – environ quatre kilos ? J'imagine des athlètes de petite taille, à la peau foncée, courir en pagne en se passant, à l'aide de puissants coups de hanches, une tête incrustée de poussière et de sang. « *Falla ! Falla !* » (*Rate-la ! Rate-la !*) se chuchotent-ils mutuellement.

« Fais-moi une place au lieu d'faire la gueule ! »

Mon père a surgi devant moi avec un déambulateur, la télécommande à la main.

« C'était bon ?

– J'ai l'impression qu'mon voisin va casser sa pipe.

– Seigneur ! »

Il se laisse tomber sur le canapé. Sur l'écran apparaît Don Matteo[1].

« On te l'a dit ? »

Pour toute réponse, il monte le son. Je me replonge dans la revue, mais la télé et les traces pourpres que les aiguilles ont laissées à l'intérieur des poignets de mon père m'en détournent. Je décide de lui annoncer la nouvelle.

« J'ai trouvé la sainte ! lui dis-je dans un cri, ou presque.

– Quoi ? »

Il se tourne vers moi en plissant les paupières et en serrant les dents comme si cela lui permettait d'élargir le trou de ses oreilles. Je répète en martelant les syllabes :

« J'ai trouvé la sainte. »

Il baisse le son à l'aide de la télécommande avant de planter une nouvelle fois ses yeux dans les miens.

« Où ?

– À la bibliothèque.

– Ah.

1. Personnage de curé détective interprété par Terence Hill dans la très populaire série télévisée italienne du même nom (en France, *Un sacré détective*).

– J'ai découvert le nœud du problème : elle voulait mourir et elle n'est pas morte.

– Quoi ? Quoi ?

– La Vierge lui est apparue et lui a donné la date et l'heure de sa mort, voilà pourquoi les gens se rendaient chez elle. Ce soir-là, quinze mille personnes attendaient devant sa maison. Et elle n'est pas morte. »

Mon père me dévisage, l'air pensif.

« C'est pour ça, dis-je, que les gens lançaient des cailloux contre ses fenêtres et qu'ils ont inventé la chansonnette dont tu m'as parlé.

– C'est vrai… Ça m'revient maintenant. Tu vois comment ça marche, l'cerveau ?

– Des pèlerins sont allés là-bas pendant des mois !

– À cause du curé qui l'avait raconté à l'église. De fait, on l'a coffré ensuite.

– Vraiment !

– Ou peut-être juste viré… Si tu savais comme tous ces gens se sont enrichis ! Passe qu'y z'allaient tous à la messe, et le curé s'en est fourré plein les poquettes. Et à Cason, tout le monde répétait : La sainte ! La sainte ! Ouais, y s'sont tous fait des couilles en or, depuis les aubergistes jusqu'aux boulangers, en passant par les épiciers et les marchands d'fruits. Tous ! À l'époque, la sainte, c'était l'paradis. Elle a fait la fortune du village. On allait même jusqu'à voler la terre de sa cour pour la vendre aux pèlerins dans des sachets, si bien qu'il est plus resté qu'un trou gigantesque. »

Mon père forme un cercle de ses bras écartés et regarde à l'intérieur comme s'il s'agissait de l'ouverture d'un puits.

« Mouais…

– Me crois pas, si tu veux », lance-t-il d'un ton légèrement vexé, avant de ramener le regard sur l'écran muet. Puis il ajoute : « On avait même fabriqué des images pieuses à son effigie.

– Oui, c'est écrit dans un article. Des photos la montrent, entourée de vases de fleurs, la tête surmontée d'une auréole. Elles étaient prêtes à être imprimées, puis on a tout annulé.

– Tu t'rends compte ! Les gens ont commencé à s'demander : Mais alors, qu'esse il en est ? Et on a fait une enquête. Y a eu une commission de prêtres, rien de moins. Y zont dit : Ah non, l'est pas sainte. »

Le voici tout occupé par son récit. Il n'éprouve aucune gêne à me revendre, en les embellissant, les informations que je viens de lui fournir.

« Tu sais ce que j'ai lu ? dis-je. Durant la nuit fatidique, on a envoyé dans la chambre de la sainte une vieille dame pour savoir à quel point elle en était. Quand la femme est redescendue, on lui a demandé : "Alors ?" Elle a répondu : "L'est morte, mais l'a l'cœur qui bat." »

Mon père rit, les dents serrées, si bien que ses épaules tressautent.

« L'est trop forte, celle-là ! commente-t-il avant de marquer une pause. Et maintenant, qu'esse t'envisages de faire ?

– Comment ça ?

– À propos de c't'histoire. »

Je hausse les épaules.

« Tu comptes l'écrire ?

– Je ne sais pas. Je vais peut-être poursuivre mes recherches.

– Il suffit qu'on continue avec la mienne, on peut pas arrêter d'la taper. À propos, j'me disais : on pourrait pas travailler ici ? Tu vas à la maison chercher deux ou trois cahiers et tu prends ton ordinateur...

– Papa, j'ai ma quatrième séance après-demain. »

Il me dévisage, l'air un peu égaré.

« Comment tu vas t'débrouiller ?

– Je reste chez Franco, son départ est repoussé.

– Tant mieux. »

On entend le tonnerre gronder.

« Je crois qu'il va y avoir un bel orage ! »

Nous nous tournons vers la porte. Un grand homme maigre, relié à la perche d'une perfusion, vient d'entrer. Il porte un pantalon de pyjama et un débardeur orné de deux grosses taches jaunes.

Il s'assied sur une chaise près du canapé, de mon côté. Il pose le regard sur l'écran muet, puis sur mon père qui tient la télécommande.

« On ne pourrait pas remettre le son ?

– Parbleu ! »

Aussitôt mon père presse la touche et laisse le doigt appuyé jusqu'à ce que les voix nous assourdissent. Je plaque les paumes sur mes oreilles, tandis que l'homme rit et indique un petit espace, de ses deux doigts rapprochés. Mon père baisse.

« Comme ça ? »

Le nouveau venu acquiesce d'un geste du pouce, après quoi l'écran aimante tous nos regards. Au bout d'un moment, l'homme reprend la parole :

« Est-ce que vous avez remarqué que, dans cette série, les carabiniers ont plus souvent leur casquette à la main que sur la tête ? »

Je me tourne vers mon père et constate qu'il s'est endormi, le menton sur la poitrine. Ses lèvres entrouvertes sont d'un violet pour le moins inquiétant, et la gaze qui maintient l'aiguille papillon de la perfusion, dans le pli du coude, affiche des taches marron. Au-dessus, le bras est gonflé et rougi.

« Parti ? interroge le monsieur, derrière moi.

– Eh oui. Qu'est-ce que je fais ?

– Laissez-le dormir. Ici, les nuits ne sont pas de tout repos, croyez-moi. »

Un coup de tonnerre retentit ; la pluie commence à tomber dru, puis à ruisseler sur les vitres.

Maman. Allongée dans le noir, à l'intérieur du jacuzzi vide, je répète ce mot tout bas en regardant les étoiles brûler très loin à travers la lucarne.

Enfant, j'avais peur de la fin du monde. Je me réveillais brusquement dans ma chambre, au bout du couloir, certaine qu'un événement abominable se préparait – un vent très violent qui emporterait l'immeuble, les vagues du déluge universel, la terre qui s'ouvrirait avec vacarme et engloutirait le village entier dans un nuage de poussière : nous péririons tous en l'espace de quelques minutes et je n'avais aucune envie de mourir loin de mes parents. Alors je bondissais hors de mon lit et courais, pieds nus, sur le carrelage froid jusqu'au fond du long couloir, j'entrais dans leur chambre et m'immobilisais, le souffle court, à côté de ma mère qui me tournait le dos et dormait profondément, enveloppée dans le drap. Je n'osais pas la toucher. Le ronflement paisible de mon père résonnait dans la pièce, me donnant l'impression d'être à l'intérieur d'un grand ventre. Peu à peu, je le distinguais lui aussi, couché sur le dos, la bouche ouverte, les mains posées sur son ventre qui s'élargissait et se contractait à intervalles réguliers, entre ronflements et soupirs. J'attendais, les bras ballants, en jouant avec le bord de ma culotte.

Maman !

Il me semblait bientôt que sa respiration changeait – qu'elle feignait uniquement de ne pas m'entendre.

« Qu'esse y s'passe ? » disait la voix ensommeillée de mon père.

C'était la fin du monde, que je redoutais. Ou encore mamie, que la compagnie de Dieu ne comblait sans doute pas puisqu'elle continuait de me rendre visite.

Mon père s'asseyait dans le lit.

« Qu'esse tu fiches ici ? Va donc à la cuisine et avale un bon verre d'lait froid. Tu verras, tu t'enroupionneras d'suite. »

Je m'exécutais. J'allais à la cuisine, ouvrais le réfrigérateur, me remplissais un verre de lait froid, que je vidais avec empressement – *glouglouglou* –, avant de regagner mon lit et de m'endormir, vaincue par la fatigue.

Si j'en buvais un maintenant, je passerais toute la nuit à vomir dans la cuvette des cabinets. À présent, c'est l'intoxication médicamenteuse qui m'empêche de dormir, il en va toujours ainsi au cours des quatre ou cinq nuits qui suivent la séance de chimio.

Comme je n'arrêtais pas de me tourner et de me retourner dans le lit, et par crainte de réveiller Franco, j'ai songé au jacuzzi sous la lucarne. Un désir de froid, de dureté et de ciel.

Maman.

Je passais des après-midi entiers dans sa chambre à la moquette verte et au papier peint de la même couleur ; j'essayais ses vêtements devant le miroir en mesurant les pleins et les vides, la distance entre mon corps et le sien – doux et mystérieux. Inaccessible. J'apprenais à multiplier mon image et à me changer en enfilade, en foule, en modifiant légèrement l'ouverture des miroirs fixés à l'intérieur des battants de l'armoire. J'étais stupéfaite de pouvoir me voir de dos ou de profil, comme si j'étais quelqu'un d'autre. Me voir pendant que je regardais dans une autre direction. Pour la première fois, je prêtais attention à l'aspect de mon derrière. J'explorais des tiroirs remplis de sous-vêtements en soie, de soutiens-gorge en dentelle et de serviettes hygiéniques rêches, en tissu : ces objets se rapportaient au corps de ma mère et impliquaient des actes, des humeurs et des penchants incongrus par rapport à l'image que j'avais d'elle.

Je masse mon talon en le frottant contre le cercle métallique de la bonde, des gouttes d'eau coulent à intervalles réguliers, formant une rainure sur ma cuisse. Ma nuque repose sur le bord arrondi du jacuzzi ; j'ignore si ce froid me fait du bien, mais je reste là.

Un jour, j'envoyai de Bologne à ma mère une lettre remplie de récriminations, et, le lendemain, je pris un train de bonne heure pour l'intercepter avant qu'elle ne la lise. Ma mère ne m'a jamais écrit, à l'exception de quelques cartes à Noël. « Nous avons les mêmes défauts, mais j'ai confiance en toi. » Son écriture était penchée tantôt vers la droite, tantôt vers la gauche ; je ne savais jamais de quel côté elle se tenait. Un dimanche, au déjeuner, pendant qu'elle découpait un gâteau aux pommes, elle annonça que, quand elle serait vieille, elle s'installerait dans un appartement avec d'autres femmes de son âge et qu'elles s'aideraient mutuellement.

« Et moi, où j'devrais être, d'après toi ? » s'exclama mon père, vexé.

Le cri d'une chouette brise le silence de la pièce. *Toutomio, toutomio, toutomio.*

Certains soirs d'été, elle m'emmenait regarder passer les trains, nous nous asseyions sur le banc de pierre, près de la fontaine en béton aux poissons rouges. Les convois traversaient la gare de Quaderni en sifflant. Parfois, le conducteur me rendait mon bonjour en agitant le bras à l'extérieur. Un soir maman me dit qu'elle aurait aimé exercer ce métier. Ou celui de contrôleuse. Ouvrir la porte d'un compartiment, dire « billets, s'il vous plaît », découvrir les passagers. J'aimais l'entendre me parler de cette façon en soufflant de la fumée, ce bout de braise ardente entre les doigts. Avant de se lever, elle jetait son mégot. Je me retournais pour le voir briller avec obstination sur le gravier.

Soudain j'ai l'impression de comprendre ce que nous faisons, papa et moi. Nous ne regardons pas derrière nous, non : nous regardons vers le bas, comme depuis un satellite, depuis une autre planète.

À travers la lucarne, j'observe mon sein mutilé, mes cuisses débordant dans ce berceau froid et bleuté. Je croise les mains sur la poitrine et imagine que quinze mille personnes se pressent devant la maison dans l'attente de ma mort. Le bruissement de leurs prières s'élève et m'enveloppe, aussi uniforme et vibrant qu'un immense moteur. Je m'oblige à rester immobile, les yeux clos. Je reste dans cette position si longtemps que je me demande si j'arriverai à bouger un muscle, si je n'ai pas été frappée de paralysie. Puis j'entends des pas feutrés et sens une main chaude presser la mienne. J'ouvre les yeux. Franco est assis sur le bord du jacuzzi. Je lui lance :

« Quelle heure est-il ?

– Quatre heures et demie. »

Je l'aurais juré : l'heure à laquelle les médecins qui devaient assister au trépas de la sainte, afin de se prononcer sur la nature de l'événement, sont remontés en voiture et ont regagné

Vérone. « Tout est normal, il n'y a rien d'extraordinaire », ont-ils dit à la foule qui les interrogeait.

Me scrutant de ses yeux mélancoliques de gros chien, Franco me prend la main et commence à masser mes articulations.

« Retournons nous coucher, tu veux bien ? »

De retour de l'aéroport, je trouve mon père allongé sur une chaise longue au milieu de la cour, les bras ballants, les mains frôlant le béton. Il a le visage cramoisi, mais son ventre monte et descend : il est juste endormi, la bouche ouverte. Je prends délicatement un transat dans la véranda et m'installe à côté de lui. La grosse branche de l'abricotier que le dernier orage a brisée est encore au sol, couverte de fruits pourris, et la pelouse s'est ensauvagée : il est étrange que papa n'ait pas encore appelé les jardiniers.

J'ai besoin, moi aussi, de m'abandonner au cours des choses. Je pose la tête contre le dossier et ferme les yeux ; les photogrammes se succèdent, accompagnés du *vroum* des voitures sur la route nationale : la main velue de Franco sur mon genou au bar, la façon dont il évitait mon regard, le sac rouge qui rebondissait sur son dos tandis qu'il se dirigeait vers le check-in. Je sens encore son étreinte avant le départ, son haleine chaude sur mon oreille. Moi, j'étais gelée.

Je caresse la main sombre et enflée de mon père. Il se réveille et me lance un regard surpris, un œil inondé de sang.

« Hé ! Ça fait longtemps qu't'es là ?

– Tu as un vaisseau qui a éclaté. »

Il porte la main à son œil droit.

« Je sais, j'ai l'impression qu'il est rempli de terre. C'est à cause de c'putain d'Coumadine. »

Je réfrène un mouvement de dégoût. La vue du sang a toujours cet effet sur moi : voir à l'extérieur une chose qui devrait être à l'intérieur.

« Y avait beaucoup de circulation ?

– Surtout au retour. »

Je m'appuie contre le dossier et ferme les yeux, mais je devine qu'il m'observe.

« Il n'a emporté qu'un sac.

– L'est dingo, ton type. Combien de temps y s'absente ?

– On ne sait même pas quand il embarquera. Il faut attendre les autorisations, ou je ne sais quoi.

– Apparemment, certaines personnes éprouvent le besoin d'se chercher des emmerdes.

– Je formulerais ça autrement.

– Ta maman était comme ça. Toi aussi. »

Je scrute son visage pour comprendre s'il est vraiment sérieux.

« Y a des gens qui vont chercher les emmerdes ailleurs, et y a des moutons, comme moi, qu'attendent les emmerdes chez eux. »

Il se caresse la tête, plongé dans une pause d'élucubrations.

« C'est une question de gènes. Certains ont les gènes du mouvement et d'aut' semblent embétonnés où ils sont nés, com' moi. Parfois j'me demande : c'est passe j'suis né dans un endroit d'merde que j'dois aussi mourir dans un endroit d'merde ?

– Papa.

– Parfois j'essaie même de comprendre si j'aurais pu faire en sorte qu'les choses s'passent différemment. »

Il tourne les mains l'une autour de l'autre en attendant que les mots lui montent aux lèvres.

« Y m'semblait qu'j'avais tout eu d'la vie. À part la culture. Et maintenant j'me rends compte que j'ai juste trimé, trimé, trimé. »

Il pince les lèvres et contemple la branche cassée au milieu de la pelouse. J'aimerais le réconforter, mais je ne sais pas quoi dire.

« Qu'esse t'en penses, on continue ? » lance-t-il en se ressaisissant.

Je hoche la tête, reconnaissante.

« Alors, va chercher ton ordinateur !

– Ah, c'est ça que tu voulais dire ? Je pensais que tu sous-entendais *avec la vie* ? »

Il agite la main en signe d'agacement.

« Je n'en suis pas capable ce matin, papa. »

Il garde un moment de silence.

« Alors, quand esse on continuera ?

– Cet après-midi peut-être. »

Il émet un petit grognement puis s'appuie sur les deux côtés du transat, s'élance et se redresse.

« Nom d'un chien, ça tourne ! »

Il inspire et expire profondément deux ou trois fois. Je lui propose :

« Je prépare du café ?

– Bien vu ! Pendant c'temps, j'vais me rafraîchir à la salle de bains. Puis on fera une partie d'Machiavel[1]. »

D'habitude, quand c'est son tour, il passe la paume au-dessus des cartes, sur la table, comme si elle lui permettait de voir, tel

1. Variante du rami.

un œil, et d'évaluer les combinaisons possibles avec son jeu. Mais aujourd'hui il se fige de temps en temps, et je dois me verser à boire ou bouger la chaise pour que, s'arrachant à sa torpeur, il se décide à jouer. À présent, il a même fermé les yeux. Je presse la bouteille pour faire crisser le plastique. Il sursaute.

« J'me demande à qui c'est l'tour.

– Papa, ça fait une demi-heure que c'est ton tour ! J'ai presque des crampes à force de tenir mes cartes.

– J'parlais pas des cartes.

– Ah. »

Je pose mon jeu en éventail sur la table.

« Tu veux dire entre toi et moi ? »

Il m'enveloppe d'un regard langoureux. Je reprends mes cartes en main.

« Impossible d'savoir, dis-je.

– J'espère qu'c'est l'mien.

– Papa ! Qu'est-ce que tu fiches ? Tu déposes ou tu pioches ? »

Il pioche.

Au bout d'un moment, je reprends :

« Mais tu ne vois vraiment pas qui pourrait être allé chez la sainte, l'avoir rencontrée ?

– Encore c'te sainte ! C'était y a plus d'soixante ans. Elle doit être morte depuis une paye !

– Tu m'as dit que tu y étais allé, tu ne te rappelles pas où elle habitait ? »

Il se caresse la tête.

« Bien sûr que si.

– Vraiment ?

– J'y suis allé deux fois. Et j'passais toujours d'vant chez elle à vélo quand mon père m'envoyait à Arzignano ach'ter du cuir pour les sabots. »

Je gagne la première manche. Puis la seconde. Il jette les cartes sur la table dans un mouvement d'irritation.

« Pour sûr, c'est pas mon jour !

– Tu peux encore remonter.

– J'crois pas, j'arrête pas d'perdre depuis c'matin.

– J'ai juste gagné deux manches !

– Toi, deux. Elle, trois. »

Elle ? De qui parle-t-il ? Quoi qu'il en soit, il a raison, je gagne aussi la troisième.

« T'as un d'ces culs ! » dit-il.

Je lâche : « Et si on y allait maintenant ?

– Où ?

– À Cason.

– Chercher la maison d'la sainte ?

– Ben… »

Il indique son débardeur taché, son pantalon de survêtement informe.

« J'sais pas si j'suis en état.

– Si tu n'en as pas envie, tant pis.

– Bah ! »

J'écarte les bras.

Puis il finit par dire : « Essayons ! Mais prenons ma voiture ! La tienne est si p'tite que mes genoux m'remontent dans la bouche. »

Je pense à la route de Cason – étroite, entre deux fossés – et aux leçons de conduite que mon père m'a données, le poing toujours suspendu au-dessus de ma tête (*reste au milieu !*). Je me revois descendre de voiture en claquant la portière et rentrer à la maison à pied.

« D'accord, dis-je.

– Alors j'vais me changer. Pendant ce temps, range les cartes. »

Je les ramasse, sur le qui-vive : j'ai peur qu'il ne tombe dans l'escalier, avec ses sabots aussi grands que des barques. Ou que ses genoux ne cèdent. Nous devrions peut-être lui proposer de lui aménager une chambre en bas. Une fois assurée qu'il est arrivé à l'étage, je m'empare de la boîte rouge pour y placer les cartes et aperçois un bout de papier qui dépasse de sous les jokers restés au fond. Je le déplie. De son écriture unique, mon père y a noté les scores de deux joueurs : Zeno et Anita. Le dernier date d'aujourd'hui : trois à zéro pour maman.

Nous avons déjà parcouru quatre fois – aller et retour à trente à l'heure – les six kilomètres qui séparent Mazzavolta de Cason. Une seule chose est certaine : c'est le long de ce tronçon de route qu'il faut chercher.

« Et pourtant... », dit mon père.

C'est une chance que nous ayons pris sa voiture, car la mienne n'a plus de gaz réfrigérant et il y a probablement un élevage de porcs dans les environs. Mais papa ne supporte pas la climatisation, ses mâchoires vibrent déjà.

« Bon, allez, rentrons à la maison, dis-je.

– Attends.

– Tu es sûr ?

– Encore un tour. »

Je pénètre en marche arrière dans la cour où j'ai effectué un demi-tour un peu plus tôt et me dirige une nouvelle fois vers Cason.

« Arrête-toi près de la niche votive.

– Tu as dit qu'il y avait un pont. Ici, il n'y a pas de pont.

– Mais y a une niche votive. Si ça s'trouve, l'fossé a été comblé.

– En fait de niche votive, il y en a trois.

– Descendons.

– Pas question, tu ne vois pas le chien ?

– L'est attaché.

– Mais il aboie. C'est une cour privée.

– Et alors ? On n'est pas des voleurs. »

Je braque et entre dans la cour. Le gravier crisse sous mes roues et le chien aboie.

Je tire le frein à main, bien que le terrain ne soit pas en pente, puis descends à contrecœur. J'ouvre la portière de mon père et lui tends mon bras.

« Bon sang, c'est dur, j'me souvenais pus qu'elle était aussi basse.

– Ça t'apprendra à snober ma Panda. »

Le chien, un berger allemand tout pelé, est attaché à un poteau au fond de la cour, devant une maison jaune années 1970 aux châssis de fenêtres en aluminium. À sa gauche se dresse une vieille bâtisse aux volets croulants, de toute évidence inhabitée.

« Y avait un grillage ici, tout autour », déclare mon père.

Le chien aboie, il semble sur le point de cracher ses poumons.

« Tu es sûr que c'est la bonne maison ?

– Ça, c'est la porte d'où elle sortait avec les aut' femmes. Et là – il indique, à droite de la maison, une pelouse et le reste d'un hangar dont le toit, en plaques ondulées, s'est à moitié effondré –, là, y avait le tas de fumier sur lequel elle montait pour qu'les gens la voient. Et là derrière, viens voir…

– Non, papa !

– On peut savoir de quoi t'as peur ?

– Je n'ai pas peur, je suis juste gênée : si jamais quelqu'un sortait… »

Il s'achemine sur le sol ponctué de nids-de-poule en s'aidant de sa canne. Je lui emboîte le pas sans perdre de vue la maison jaune.

« Voilà, ça, c'était l'potager. Et ça, c'était la fosse. Celle que les voisins ont creusée pour vendre la terre dans des sachets. »

Un homme chauve à la peau sombre, portant un pantalon vert vif, a surgi de la maison jaune.

« Quoi ? Quoi ? lance-t-il au chien en lui tapotant la tête. Tu cherches quelqu'un ? crie-t-il ensuite à notre adresse.

– Allons-nous-en, dis-je à papa en me dirigeant vers la voiture.

– Tu sais à qui appartient cette maison ? lance mon père à l'homme.

– Non. Je crois personne habite plus. Moi seul deux ans habite ici.

– T'es pas au courant, pour la sainte ?

– Papa !

– Quoi *sainte* ?

– Autrefois, une sainte habitait cette maison. Tu sais ce qu'est une sainte ? Une femme qui faisait des miracles.

– Quoi *miracles* ? »

Mon père s'est approché de l'homme et le chien s'est remis à aboyer.

« Papa.

– Pas aboie le monsieur ! dit l'homme au chien en portant un doigt à son nez.

– Un miracle... c'est quand quéqu'un fait un truc impossible. Par exemple, marcher sur l'eau. Par exemple, guérir une personne qui va mourir. Par exemple, transformer les pierres en pain.

– Pierres pain.

– Oui. Y a très longtemps, une sainte vivait ici. La sainte de Cason. Demande à quéqu'un de t'raconter son histoire !

– Quelle histoire ? Quoi *histoire* ?

– C'était un plaisir, bien l'bonjour », dit mon père en lui tendant la main.

L'homme referme les doigts sur les siens.

« Toi voles pastèques.

– Des pastèques ? Qu'esse tu racontes ?

– Gens vient ici, vole pastèques. »

Mon père dégage la main de cet étau, le chien aboie plus fort.

« Moi, venir ici voler tes pastèques ? Allons donc !

– Papa, s'il te plaît, viens.

– Moi vu toi derrière de maison.

– Oui, bien sûr, j'voulais voir la maison, voir si c'était bien celle dont j'me souvenais.

– Si toi veux pastèques, toi paies pastèques.

– Mais où elles sont, tes pastèques ?

– Papa ! »

Le chien s'est tapi devant mon père et a commencé à grogner.

« Tu pourrais le retenir ?

– Gentil, Balin, pas aboie le monsieur. Toi pas pris pastèque ?

– Je t'en donnerai de la pastèque ! Où tu les as, ces pastèques ? Moi, j'les vois pas !

– Toi montrer ton coffre.

– T'es vrament comme saint Thomas, hein ? »

Je les vois venir vers la voiture. L'homme jette un coup d'œil à la banquette arrière. Puis mon père ouvre le coffre.

« Tu vois une pastèque ?

– Pardon. Vous gentils personnes. Mais gens vient de nuit, vole pastèque. Pour ça pris Balin.

– Écoute, je pensais pas du tout aux pastèques, mais tu m'as donné envie d'en manger. Où tu les tiens, ces pastèques ? Elles sont bonnes ?

– Très bon, sucré, répond l'homme en déposant un baiser sur le bout de ses doigts. Tu veux pastèque ? Maintenant ?

– Allez, donne-moi une pastèque ! Où elles sont ?

– Attends. »

J'appelle encore une fois mon père, qui m'invite d'un geste de la main à patienter. Puis l'homme ressurgit de derrière la maison, une pastèque sous le bras. Tous deux rejoignent la voiture, mon père ouvre le coffre puis s'empare de son portefeuille. Je l'entends dire :

« J'te préviens, si elle est pas bonne, j'te la rapporte. »

« Tu sais quoi ? J'en avais pas encore mangé cette année. »

Je secoue la tête et la tourne vers un héron, planté au beau milieu d'un champ de maïs.

« Oh, fais attention à la route !

– Tu es vraiment sûr que c'était la bonne maison ?

– Presque. »

Je le regarde.

« Toute façon, j'parie qu'c'est la première fois qu'un type va chez la sainte et qu'y r'vient avec quéque chose ! »

À en croire la dame, je devrais apercevoir sur ma droite une route en terre, marquée de l'indication « Exploitation agricole Bertagnini ». Hier soir, vers minuit, le téléphone a vibré sur la table de nuit : c'était Nora, tout excitée, qui appelait pour me dire que la sainte est encore en vie. Au cours d'un dîner au restaurant avec de vieilles copines du collège, elle l'a sans doute mentionnée à un moment donné, car Debora Bertagnini s'est exclamée : « Tu sais, elle est toujours de ce monde ! » Elle lui a raconté que sa mère est une de ses lointaines parentes et qu'elle lui rend fréquemment visite. Nora lui a alors demandé si elle pouvait nous mettre en contact.

Ce matin, au téléphone, madame Dina a été circonspecte, mais aimable. Elle m'a appris qu'« Annamaria » a été victime d'une paralysie des jambes environ un mois après « les faits » et qu'elle n'est plus sortie de chez elle depuis – c'est-à-dire depuis près de soixante-dix ans. Elle-même va la voir presque toutes les semaines. Quand je lui ai dit que je voulais écrire un texte sur cette histoire, elle a gardé le silence un long moment. « Je ne sais pas », a-t-elle répliqué ; toutefois, elle a fini par accepter de me recevoir. Elle m'a fourni les indications nécessaires pour gagner son domicile en me priant de me présenter juste après le déjeuner ; ainsi, son mari ferait la sieste à l'étage : « Car s'il me surprend à parler de la sainte, il me gronde. »

De loin, je constate qu'elle m'attend devant le portail, un foulard sur la tête. Elle m'invite, d'un geste, à entrer dans la cour et à me garer sous un mûrier. Elle est grande et brune, avec une ossature robuste. Elle m'examine un moment en fermant à demi les yeux, puis me tend la main avec réticence.

« Alors, vous êtes journaliste. »

Je secoue la tête, gênée.

« Quelque chose m'échappe, reprend-elle tout bas en lançant un coup d'œil inquiet à une fenêtre du premier étage. Si vous n'êtes pas journaliste, pourquoi voulez-vous connaître cette histoire ? »

Je réponds que je n'arrête pas d'y penser depuis que je l'ai entendue.

« Ah.

– Je me demande comment elle… Annamaria a vécu cette affaire. C'est surtout ce qui s'est passé après qui m'intéresse.

– Mais alors que voulez-vous écrire ? Un roman ?

– Je ne sais pas. »

Je tourne moi aussi le regard vers la fenêtre et crois distinguer une tête blanche derrière le rideau.

« En réalité, je croyais qu'il s'agissait d'une histoire sans maître. Qu'Annamaria n'était plus de ce monde.

– Oh, elle est loin d'être morte ! »

La dame éclate d'un petit rire malicieux.

« Si cette histoire a des maîtres, ce que j'ignore, Annamaria ne figure pas à leur nombre. En revanche, elle a de nombreux chiens de garde. »

Je lui assure que, s'il le faut, j'utiliserai mon imagination : je changerai tous les noms et toutes les références. Et je ne la mentionnerai certainement pas, elle, au titre de source. La dame croise les bras sur sa poitrine et me dévisage, l'air songeur.

« D'accord ! s'exclame-t-elle enfin. Interrogez-moi. Si je peux, je vous répondrai. »

J'avais pris des notes sur un bout de papier, mais le rire de mon interlocutrice a douché mon enthousiasme : de quel droit vais-je poser aux uns et aux autres des questions qui engendrent ce genre de malices ? Entreprendre des recherches à la bibliothèque sur un vieux fait divers est une chose, enquêter sur une personne encore en vie – une vieille dame, de surcroît – à propos d'une histoire qui l'a traumatisée au point de l'empêcher de sortir pendant soixante-dix ans en est une autre. Un insecte vert continue de vrombir près de mon oreille, une rigole de transpiration sillonne mon front.

« Ça ne va pas ? »

En effet, j'ai le vertige.

« Je ne sais pas, dis-je.

– Avez-vous besoin d'un verre d'eau ? »

Je pose les mains sur mes hanches et m'efforce de déterminer si je vais m'évanouir. La femme me touche un coude et me guide le long du trottoir en béton.

Je vide le verre d'un trait. La femme va chercher également du jus d'orange et s'assied en face de moi. Des mouches bourdonnent autour d'une coupe de fruits recouverte d'un napperon, sur la table.

« Les maudites, elles trouvent toujours le moyen d'entrer », commente la maîtresse de maison. Puis elle croise les bras. « Ça va mieux ? »

Je hoche la tête.

« Hé, ces traitements sont débilitants. Voulez-vous que je vous conduise chez elle ? »

Je m'appuie contre le dossier.

« Vraiment ? Vous le feriez ?

– Il lui arrive de recevoir des gens.

– Comment justifier ma visite ?

– Oh, il n'est pas rare que des personnes dans votre état aillent la voir. »

D'instinct, je tire un peu mon turban sur mon front.

« Vous verrez, il sera inutile de fournir des explications. Je dirai que vous êtes une amie de ma fille. »

Un lézard traverse en diagonale la moustiquaire. J'ai le cœur qui bat la chamade.

« Je ne vous le proposerai pas une seconde fois. »

Je la dévisage en me demandant si son changement d'attitude est dû à mon malaise.

« D'accord, dis-je.

– Très bien. Alors laissez-moi passer un coup de fil. »

Elle s'éclipse quelques minutes, puis réintègre la cuisine en ôtant son tablier.

« Allons-y, elle nous attend ! »

J'aimerais lui dire que peu importe : au fond, j'en sais assez.

« Allez ! »

En traversant la véranda elle s'empare d'une cagette de kiwis posée sur une table et me la fourre dans les bras.

« On prend votre voiture, n'est-ce pas ? »

Mon père ne s'était pas tellement trompé : la ruine que madame Dina m'indique se trouve deux rues plus loin, en direction du village. Il n'y a pas de niche votive. Mais nous la dépassons, traversons la grand-place de Cason et tournons enfin dans une rue anonyme bordée de maisonnettes assez neuves, datant peut-être des années 1980, mitoyennes pour la plupart.

« Arrêtez-vous ici, dit-elle devant un bâtiment blanc à volets bleus. Je vais sonner chez son neveu, prenez la cagette. »

Tandis que j'ouvre le coffre, je vois un homme robuste en bermuda et débardeur, à la peau brûlée par le soleil, descendre l'escalier. Il bavarde un moment avec madame Dina sous un auvent en plastique ondulé ; à deux ou trois reprises, ils regardent dans ma direction. De loin, il a l'allure d'un quinquagénaire, mais quand il vient vers moi pour m'ôter mon fardeau, je constate qu'il a au moins la soixantaine.

« Elle adore les kiwis », me lance-t-il avec un clin d'œil. Puis à toutes les deux : « Allez-y, elle vous attend. »

Madame Dina ouvre la porte d'entrée au rez-de-chaussée et je la suis non sans inquiétude. Elle parcourt d'un pas assuré un couloir sombre, où je manque de trébucher sur un objet métallique.

« Attention à la bombonne d'oxygène ! »

La dernière porte à gauche est entrouverte ; à la vue de la fente lumineuse, j'ai des palpitations. La femme frappe légèrement.

« Vous permettez ?

– Entrez, entrez ! » s'exclame une voix sonore.

Nous nous exécutons.

« Ah, les voici ! »

Assise toute droite dans le lit bien fait, elle nous examine de ses grands yeux sombres et sourit. Sa tête est couverte d'un petit bonnet en coton, elle porte un cardigan ajouré vert clair. Ses mains, sèches et nerveuses, reposent sur le drap tendu qui lui couvre les jambes. Sur la table de nuit, un téléphone gris en bakélite et un magnétophone avec des écouteurs. De petits tableaux sont disséminés dans la pièce et, dans un coin, sur un grand bahut, se dresse une statue bariolée de la Vierge d'un mètre de haut, derrière un vase de glaïeuls blancs. La fenêtre, près du lit, donne sur un champ à l'arrière de la maison ; dessous, un fauteuil roulant.

« Prenez une chaise, allez, ne restez donc pas debout ! »

Il y en a trois, contre le mur du fond. Madame Dina en place une à côté du lit avec la fermeté d'une *habituée**, je m'apprête à m'asseoir plus loin, près des pieds.

« Où vas-tu, mon enfant ? Viens ici, près de moi, montre-toi !

– Comment allez-vous, Annamaria ? Vous avez l'air en bonne forme. Nous vous avons apporté des kiwis.

– Oh, merci, merci. Ils facilitent la digestion. Et ils sont beaux. Une fois coupés, ils ressemblent à la roue d'un paon. »

J'acquiesce. Je me rappelle la première fois où maman nous en a apporté un, en rentrant du magasin. Elle m'a appelée dans l'entrée et, sans même se déchausser, a coupé le fruit sur la table avant de dire : « Regarde. »

« Parle-moi de toi, mon enfant. »

Je souris en espérant que madame Dina viendra à mon secours. J'avais imaginé la sainte muette, le regard voilé, distant. Je l'avais imaginée assise à sa fenêtre, émiettant du pain sur le rebord pour les moineaux.

« C'est une amie de Debora. Elle désirait beaucoup vous rencontrer. Elle était à la maison et, comme je suis aujourd'hui sans voiture, je lui ai demandé de m'accompagner.

– Tu as bien fait, tu as bien fait. »

Je continue de sourire en essayant de soutenir son regard.

« Alors, Annamaria, comment allez-vous ?

– Pas mal, pas mal. Et ton mari ?

– Ah, il doit faire une coloscopie, mais il se fait du souci.

– Je prierai pour lui.

– Merci, Annamaria.

– Il ne faut pas me remercier ! » s'exclame-t-elle en levant la main droite comme pour se défendre et indiquer d'un même mouvement le ciel.

Puis elle pose sur moi son regard pour observer l'effet de leur conversation sur ma personne.

« Moi, je ne suis rien, je ne peux rien. Je peux sans doute être une pauvre intermédiaire. Et toi, mon enfant ? ajoute-t-elle en installant son oreiller derrière le dos de façon à me faire face. Maintenant parle-moi de toi. »

N'était-ce pas moi qui devais poser les questions ? Je prends une inspiration et commence à raconter, je lui dis comment je m'appelle, l'âge que j'ai et d'où je viens.

« Benin. Les Benin des aliments pour animaux ?

– Non. Ceux des chaussures.

– Je connais beaucoup de monde à Quaderni. Les Pizzoli, tu les connais ?

– J'ai entendu parler d'eux, mais non, je ne vois pas de qui il s'agit.

– Les Benincasa ont une boucherie sur la grand-place. Et un fils paraplégique.

– Ma mère faisait peut-être les courses chez eux. Mais je ne vis plus ici depuis de nombreuses années, j'ai perdu de vue un tas de gens. »

Je lui raconte que j'ai fait des études à l'université de Bologne et que je suis partie ensuite pour la Grèce. Que je ne vais plus à Quaderni que pour rendre visite à mon père. Non, ma mère n'est plus là, elle a été emportée il y a sept ans par un cancer du sein. Un cancer identique à celui dont je souffre.

C'est la seconde fois que je tombe malade. Non, je ne suis pas mariée. J'enseignais l'italien à des étrangers, mais en ce moment je ne travaille pas. Actuellement, je vis chez mon père. Nous nous aidons mutuellement, car il a lui aussi des problèmes de santé.

Madame Dina m'écoute, les yeux écarquillés, tandis que la sainte boit sans aucune pudeur tous mes malheurs ; peu à peu ma situation et ma propre personne suscitent en moi du dégoût, une nausée qui se transforme en rogne, en rage. Je me tais. La sainte interprète probablement mon silence comme de l'émotion, parce qu'elle lève une nouvelle fois la main droite.

« Je ne peux rien, je ne sais rien. Je peux juste t'écouter et prier pour toi.

– Merci. »

J'ai besoin de sortir d'ici.

« Il vaut peut-être mieux que nous repartions, nous ne voulons pas vous fatiguer, déclare madame Dina.

– Oh, les femmes qui ont appelé après vous m'auraient fatiguée, mais pas vous. Aurais-tu un rêve à me raconter ? me demande-t-elle d'un ton qui me paraît provocateur.

– Non. »

Madame Dina me dévisage, les sourcils levés, comme pour m'encourager.

Indiquant le magnétophone qui trône sur la table de nuit, j'interroge la sainte : « Quel genre de musique écoutez-vous ? »

Elle émet un bref gargouillement.

« De la musique, ma chérie ? Je n'écoute que cette musique-là. »

Elle ouvre un tiroir de sa table de nuit et en sort une cassette à la jaquette jaune, qu'elle place sous mes yeux. Le mot

APOCALYPSE s'y étale en noir. Elle m'adresse un sourire étrange.

« La vérité, c'est que j'écris, dis-je. J'ai entendu parler de vous et j'avais une grande envie de vous rencontrer. »

La sainte ferme les yeux et opine du chef. Puis elle se penche en avant, rapproche son visage du mien, scrute mon regard.

« Et maint'nant, ma chérie, t'as rencontré une vieille », dit-elle.

Je le vois apparaître sur un arrière-fond vert, les cheveux agités par le vent. Il ne remue pas la bouche, j'ignore s'il me voit.

« Franco, tu m'entends ? »

Je me dirige vers la fenêtre tout en sachant que le problème ne vient pas de moi. Pouvoir téléphoner à une personne qui se trouve au beau milieu de la mer me semble encore impossible.

Je vois son image se décomposer en blocs, puis revenir, momentanément stable. J'enfonce les écouteurs dans mes oreilles.

« Salut, Vera. »

Une voix dans le vent.

Nous nous regardons, à pas moins de mille cinq cents kilomètres de distance l'un de l'autre. Nous ne nous disons jamais grand-chose. Il m'écrit. Avant-hier, deux opérations de sauvetage ont été effectuées, deux vedettes, des ressortissants érythréens, syriens, bangladais, somaliens. Cinq corps ont été repêchés : quatre femmes et un homme. Hier, une cérémonie funèbre a été organisée, on y a égrené les noms des défunts. Puis il faut surveiller les enfants qui se poursuivent sur le pont, une pomme à la main. Il y a aussi une écrivaine à bord, une certaine Sara Contini. Elle a publié plusieurs romans, mais a décrété qu'elle n'écrirait plus. Ses reportages sont sur le site. « Si tu ne m'avais pas autant parlé de ce projet en Éthiopie, l'idée de faire cette expérience ne me serait jamais venue à l'esprit. Nous partirons ensemble, Vera. Je compte être de retour avant ta dernière séance de chimio, puis nous ferons la fête. »

Un gamin vêtu d'un sweat-shirt jaune trop grand pour lui se présente et l'étreint ; il agite lui aussi la main vers moi en signe de salut.

« Il s'appelle Aziz.

– Salut, Aziz.

– Vera, il y a ici un tas d'histoires à sauver. »

Mais moi, je suis là, dans un corps qui accepte tout, alors qu'il voudrait crier non. « Allongez-vous, placez les bras derrière votre tête. » Oui. « Mettez ce casque et ne bougez pas. » « Prenez cette poire et sonnez en cas de problème. » Oui.

La nuit, pendant que tu bavardes sur le pont en scrutant l'obscurité, je pense à la sainte. Non à celle que j'ai rencontrée, plus vivante, plus vraie : à la femme muette qui a pris corps dans mon imagination à travers son histoire et qui refuse de me quitter. Je songe à la libérer. Je vois et revois cette scène : moi qui la pousse dans son fauteuil roulant à travers champs, à l'aube ; je vois les brins d'herbe s'accrocher aux roues ; je vois ses mains tachées et nerveuses agrippées comme des griffes aux accoudoirs du fauteuil qui cahote ; son visage blanc, inexplicablement lisse, qui se tourne vers un arbre, un nuage, un bout de grillage rouillé. C'est ce que je dois écrire maintenant.

« Franco ! »

Il ne m'entend pas. Il caresse la tête du gamin, dans le vent, sur le pont, devant le bord rouillé. D'un signe de la main, je lui indique : « Plus tard. » Il acquiesce et lève le pouce, m'envoie un baiser. Plus tard, sans visage, sans vent. Plus tard, avec les mots qui remonteront à la surface. Nous nous y accrocherons pour nous rapprocher un peu.

Il puisait dans la boîte une « lumette », la frottait contre la bande marron et rêche, et attendait qu'elle produise une belle flamme. Puis il ouvrait tout grand la bouche et l'introduisait dedans. Je regardais de mes yeux écarquillés cette caverne humide et rose que le feu éclairait. On distinguait un carrefour au fond de la gorge. Mon père fermait la bouche. Au bout de deux ou trois secondes, il la rouvrait et en tirait l'allumette intacte. Il attendait que la flamme se renforce et la faisait de nouveau disparaître en pinçant les lèvres. Il recommençait une ou deux fois. En brûlant, l'allumette se tordait et s'amincissait. La dernière fois, il la gardait un peu plus longtemps dans la bouche, puis l'en sortait, éteinte et fumante : un filament noir qui tombait en poussière quand on le touchait.

Un jour, j'ai essayé de l'imiter après avoir pris la boîte d'allumettes dans la poche du tablier de ma grand-mère. J'étais un peu plus grande, mais pas beaucoup : je devais avoir huit ou neuf ans. D'instinct, j'ai laissé la flamme se stabiliser. Quelques instants d'hésitation avant de la fourrer dans la bouche. Le palais se réchauffe. Une forte chaleur, mais pas de brûlure. Fermer la bouche. Pas de brûlure. Quand on en retire la lumette encore en feu, on a l'impression d'être un peu magique.

J'ai effectué plusieurs tentatives avant de trouver le courage de répéter l'expérience avec la même allumette. La dernière fois, il convient de la glisser dans la bouche avant de se brûler les doigts. On la sent s'éteindre. On extrait le filet de bois tordu, carbonisé et fumant. C'est le moment le plus périlleux : un petit bout risque de vous tomber sur la langue ou de vous toucher la lèvre.

Il vous reste sur le palais un goût de cire et de soufre ; dans le cœur, une légère euphorie.

Mon père croise les bras derrière sa tête.

« Ah, ça sent bon ici ! C'est pas comme à Quaderni, où y a toujours une odeur d'bifteck cuit sul' tuyau d'échap'ment. »

Franco se caresse la barbe et rit. Il porte un bermuda beige, un tee-shirt vert délavé, barré de l'inscription FREE SPIRIT, de la coopérative des détenus de Rebibbia, et des tongs roses. Après le déjeuner sur la véranda, il a installé trois petits fauteuils en osier sous la pergola de raisin fraise. C'est Nora qui a proposé de fêter la fin de mon traitement « sur la colline, chez vous », plutôt que dans le jardin de papa ; effectivement, le mois de septembre est particulièrement chaud : la canicule et les moustiques ne lâchent pas la basse plaine.

Je n'avais aucune envie d'organiser un repas familial, car la radiothérapie m'a laissé des séquelles : tachycardie, brûlures et radioactivité. J'en plaisante avec Alice : je pointe un doigt vers elle en disant *bzzz* et elle se jette par terre en simulant une crise de convulsions. Pour l'occasion, elle a voulu que j'achète en ligne une perruque bleue coiffée au carré, identique à celle qu'elle porte pour le carnaval. Cette perruque me fait transpirer et me démange terriblement, mais je ne crois pas pouvoir l'ôter tant qu'elle gardera la sienne. Vêtue d'un cycliste noir, accroupie dans l'herbe, elle photographie des insectes.

Vincenzo s'est présenté à l'improviste : alors que ma sœur et moi préparions des canapés, la sonnerie a retenti et nous l'avons découvert sur le seuil, muni d'un kilo de crème glacée supplémentaire (j'ai dû la mettre dans le réfrigérateur car le congélateur était plein). Alice a surgi en courant et grimpé sur son dos, tandis que Nora évitait mon regard et ajoutait un couvert à table. Il a passé tout son temps devant le barbecue en compagnie de Franco. Le spectacle qu'ils offraient en retournant les steaks et en bavardant ensemble au milieu de la fumée, un verre de vin à la main, était plutôt bizarre.

Maintenant, Franco raconte à mon père l'irruption à bord du bateau d'un groupe de Libyens qui tiraient des coups de feu, obligeant les membres de l'équipage à s'enfermer dans la pièce de sécurité. Papa écoute en hochant la tête, penché en avant, captivé par les jambes très velues et la couleur des tongs de Franco. Un avion traverse le ciel pur en dessinant un sillon de fumée que je regarde s'étirer, puis s'amincir avant de disparaître.

« Je vais préparer la salade de fruits et la glace.

– Bien vu ! » s'exclame papa.

Franco me presse la jambe sans cesser de parler.

À la cuisine, je tombe sur Nora qui lave les assiettes.

« Il y a un lave-vaisselle. »

Elle hausse les épaules.

« Vincenzo ?

– Tu étais aux toilettes quand il est parti, il m'a chargée de te dire au revoir. »

Elle en reste là et je garde le silence. J'attrape les pêches au citron et les coupelles.

« J'envisage d'aller en Crète », dis-je.

Elle se retourne vers moi, puis pose le bol sur l'égouttoir.

« C'est beau là-bas. Nous y sommes allés en voyage de noces.

– Je sais.

– Il faisait si chaud que nous avons vu un âne entrer dans un bar.

– Tu pouvais laisser les verres sur la table.

– Je n'y ai pas pensé. De toute façon, c'est certainement mieux en septembre. Nous avions découvert une crique dans un village de pêcheurs. Sept kilomètres sur une route de terre, quand on arrive en bas on n'a plus à bouger. Rends-toi compte, la dame lavait encore les draps avec de la cendre. Elle nous cuisinait le poisson du jour et déposait toujours du raisin sur la table de la terrasse pour notre retour de la plage. Je crois que c'était à côté de Triopetra. J'ai encore le numéro quelque part. Si tu veux, je le chercherai.

– Merci, mais il y a la maison de Mimis, tu te rappelles mon copain d'Athènes ? Son père était originaire de La Canée et Mimis a hérité de la maison de ses grands-parents. Il y laisse la vieille voiture de son père, une Panda.

– Franco peut prendre des vacances ? Après sa longue absence ?

– Je n'irai pas avec Franco. »

Nora pivote en écartant d'un souffle une mèche de ses yeux.

« J'aimerais y aller seule.

– Seule ? Maintenant ?

– Pour écrire.

– Combien de temps ?

– Je ne sais pas. Il y a des *frontistíria* à Skafiá, je pourrais voir s'ils ont besoin d'un prof d'italien. »

Nora ferme le robinet et appuie les fesses sur le bord de l'évier.

« Tu n'as pas de contrôles à faire ?

– Tous les trois mois. »

Les mains sur les hanches, elle me rappelle mamie Nilde.

« Je pensais y rester deux mois, peut-être trois.

– Dans trois mois, c'est Noël !

– Je serai certainement de retour d'ici là. Cela fait trop longtemps que je n'ai pas passé du temps en solitaire quelque part. »

Nora déplace une chaise et s'assied dessus.

« Tu n'as pas pensé à papa, hein ?

– Apparemment tout se passe bien avec le dernier traitement. On ne peut pas vivre en fonction de notre peur que son état s'aggrave.

– Il a tous ses contrôles à faire au cours des deux prochains mois. Les analyses de sang, l'urologue, la cardiologue, l'angiologue.

– Je sais. De toute façon, la Crète n'est pas le bout du monde, il y a des vols tous les jours depuis La Canée. »

Ma sœur me dévisage, un sourire ironique aux lèvres. Je lui lance :

« Tu crois que je n'ai pas pesé le problème, c'est ça ?

– D'accord, tu l'as pesé et tu as décidé de partir quand même. Ce n'est pas nouveau, tu t'es toujours conduite comme ça quand des choses graves se produisaient…

– Pourquoi tu ne dis pas : quand maman est tombée malade ?

– Je dois avoir un cancer pour obtenir un peu d'attention ?

– Maintenant, tu exagères.

– Pourquoi refuses-tu de t'arrêter et d'accepter la vie, ce que tu es, une fois pour toutes ?

– Et qu'est-ce que je suis, Nora ? Tu le sais, toi ?

– Peut-être une femme dont les désirs ne se réaliseront jamais, quelqu'un de normal. »

Je la regarde, bouche bée, la cuiller de la salade de fruits à la main.

« Je t'ai toujours soutenue, poursuit-elle. Je pensais qu'il me faudrait prendre des avions pour te rendre visite à Berlin, à Londres, à New York. Mais tu n'es pas là-bas maintenant, tu es ici. Tu ne peux pas agir comme s'il n'y avait pas de problèmes, c'est ton père à toi aussi.

– Alors c'te salade de fruits avec la glace ? »

Mon père se tient sur le seuil, soutenu par Alice ; il a le visage rouge et porte une casquette froissée arborant le logo de Médecins sans frontières. Il pose les yeux sur la rangée de coupelles encore vides, puis sur nous.

« Vous vous disputiez ?

– Non, dis-je.

– Nous parlons de nos projets pour l'avenir proche, affirme Nora.

– Oh ! Et qu'esse vous projetez ?

– Vera s'en va. »

Mon père et Alice me dévisagent.

« Ce n'est pas sûr.

– Franco ne m'a rien dit.

– Elle veut partir seule, papa.

– Où tu vas, tatie ?

– En Crète. Trois mois, répond Nora.

– T'es pas d'venue folle ?

– Plusieurs semaines. Je dois d'abord m'assurer qu'un ami peut me prêter sa maison.

– Je peux venir moi aussi, tatie ?

– Dans trois mois, c'est Noël, dit mon père. Qu'esse tu vas fout' au bord d'la mer l'hiver ?

– Écrire, mais je ne m'absenterai pas trois mois. Je veux terminer l'histoire de la sainte.

– La sainte ! Encore ?

– S'il te plaît, tatie, emmène-moi !

– Et mon histoire à moi ? On n'est même pas au tiers ! Comment on va faire ? »

Je suis ici depuis quinze jours et je n'ai vu la mer que deux fois. Mimis avait dit « haut plateau », mais n'avait pas précisé qu'une seule route, étroite et ponctuée de virages, creusée dans le rocher, mène à la plage, soit quatre kilomètres de descente abrupte sans rail de protection, s'ouvrant à chaque tournant sur le vide. En montant dans un taxi, le jour de mon arrivée, j'ai vu les flots scintillants s'éloigner en bas et j'ai compris que ma retraite serait montagnarde. Tant mieux, ai-je pensé, je n'aurai pas d'excuse pour éviter d'écrire.

La maison est une vieille habitation de village, en tout point semblable à celles qui bordent la rue – un chemin de terre qui conduit à l'église et au petit cimetière en hauteur. Recouverte d'un crépi blanc, elle a des volets verts, une véranda avec une table en fer peinte et l'immanquable jardinet hébergeant un figuier, trois oliviers, une tonnelle de vigne et un rectangle inculte où se trouvait sans doute le potager autrefois. Adossé à la maison, le garage en béton que M. Petros a probablement construit dans un second temps et, à l'intérieur, la fameuse Panda vert d'eau de 1986. Mimis a fait le plein ; le seul problème, a-t-il dit, c'est le levier de vitesse un peu dur, le reste *ine mia charà* (*va très bien*). Chaque fois que nous nous parlons, il me demande si je l'ai utilisée, parce qu'à Athènes je laissais mon Autobianchi A112 garée au même endroit pendant des mois : j'étais terrifiée par la circulation, les violents coups de klaxon, les malédictions que les chauffeurs de taxi jetaient, la main en coupe, les piétons qui traversaient avec indolence sans avertir.

« *Tora odhighís, etsi ?* » (*Maintenant, tu conduis, n'est-ce pas ?*), m'a lancé Mimis quand je l'ai prié de me prêter sa maison, parce qu'il prétend que, sans voiture, on est coupé du monde dans le village de son père.

« C'est exactement ce que je cherche », ai-je répondu.

J'ai choisi, pour écrire, la table placée devant la fenêtre de la cuisine ; elle donne sur le poulailler de madame Chrisoula. Coincé dans le grillage, un petit chiffon blanc, peut-être apporté par le vent, ou attaché là dans un but qui m'échappe ; de l'autre côté du poulailler s'étend un champ que traversent deux fois par jour un troupeau de brebis marquées de bleu et, de temps en temps, un marcheur solitaire qui grimpe sur la montagne rousse en bermuda et sac à dos – la faune de cette saison.

L'histoire de la sainte n'avance pas. La nuit, je me réveille, le cœur battant – effet de la radiothérapie, je le savais –, après quoi je n'arrive plus à me l'ôter de l'esprit. Dans mon imagination, elle continue d'être immobile et muette ; je me l'imagine au cours des nuits qui ont suivi celle où elle aurait dû mourir. C'est un trou noir qui m'engloutit. Pour raconter cette histoire, j'ai d'abord tenté de la confier à une narratrice, une journaliste de province sans scrupules qui découvre ce vieux scandale et s'efforce de le tirer de l'oubli, mais ça ne marche pas : cette idée artificielle m'éloigne du nœud incandescent d'immobilité et de silence qui représente, pour moi, le point le plus fort de cette affaire. Les mains croisées dans mon giron, je regarde le rideau qui brode l'obscurité ; je pense aux poules qui dorment, je pense que je suis une rescapée et que je devrais peut-être commencer à faire quelque chose de cette vie qui me reste. Alors, j'aimerais tendre la main et toucher celle de Franco qui, sans se réveiller totalement, se tournerait vers moi et m'enfermerait dans son étreinte.

Papa a refusé de me donner ses cahiers. « Quand tu reviendras. C'est un travail qu'on doit faire ensemble. » La semaine dernière, il a effectué son contrôle chez le cardiologue ; Nora m'a informée que tout s'était bien passé, même si, au milieu de la consultation, le médecin a ouvert tout grand la porte et s'est dirigé vers elle dans le couloir. « Votre père ne nous aime pas, lui a-t-il dit. N'est-ce pas, Zeno, vous ne nous aimez pas ? » a-t-il ensuite crié à l'adresse de papa, invisible à l'intérieur du cabinet. Nora ravalait ses rires. Elle a demandé ce qui était arrivé. « Il a diminué de son propre chef le dosage de Triatec ! »

Parfois j'aimerais être là-bas, avec papa, dans la pièce de Barbe-bleue, tandis que je tape son histoire qu'il me dicte en me taquinant parce que je me laisse distancer. Ou, simplement, tandis que nous disputons une partie de Machiavel. Je l'ai trahi. Je me suis débinée pour écrire une histoire, voyons ! Les histoires nous sauvent-elles ? Ou devons-nous, nous, les sauver ? Je pense qu'écrire cette histoire, jour après jour pendant des années, a sauvé la vie de mon père. Mais moi, je regrette, je n'ai pas le temps de sauver son histoire : je dois écrire la mienne. La sainte, croyais-je. Mais c'est lui que dépeint ce que j'ai commencé à rédiger, lui et notre relation au cours de ces derniers mois. Quelques notes, au début, inscrites dans la marge de mon cahier consacré à la sainte. Des phrases et des images qui me tiraient des sourires ; de petites offrandes qu'il me versait en tant que personnage et que je me versais, à moi, en implorant une histoire. Des mendiants. J'ai dit non, mais j'ai fini par ouvrir un nouveau cahier – jaune, grand format, à pages blanches – et je me suis mise à écrire. Sur la couverture, j'ai tracé en lettres majuscules : LES FULGURÉS.

Quand vient le moment de l'impasse, je me lève et vais me dégourdir les jambes. Boire une tisane dans le *kafenío* de Safron, la dame danoise qui cultive des herbes officinales, si émaciée qu'elle m'évoque un olivier. C'est elle qui m'a conduite à la plage, à Frangokástello, à bord de son pick-up les deux fois où j'y suis descendue. Aujourd'hui, j'ai adressé aux rares clients un signe de tête en guise de salut et poursuivi mon chemin jusqu'à la petite église d'Aghía Panaghía et son cimetière. Avant que j'entame la montée, j'ai été assaillie par une terrible odeur de chèvre. Ne voyant pas d'animaux, j'ai mieux regardé à l'intérieur d'un enclos et distingué une petite montagne de pelage sale. J'ai enjambé la corde et me suis approchée : il y avait là une chèvre toute desséchée. Il n'en émanait pas une puanteur de putréfaction, juste une odeur intense de chèvre. Peu à peu, j'en ai vu d'autres : des cadavres desséchés de chèvres, au-dessus desquels des mouches tourbillonnaient. Depuis quand étaient-ils là ? Qu'était-il arrivé ? Comme deux ouvriers qui transportaient des planches là-haut, près de l'église, m'observaient, j'ai rebroussé chemin et regagné la maison d'un pas rapide. Je suis allée directement au garage, j'ai ouvert la portière de la Panda et me suis assise à l'intérieur. Les sièges beiges en similicuir étaient tout fendillés, les dossiers recouverts d'un entrelacement de boules en plastique orange ; un *komboloï* de perles bleues pendait du rétroviseur. J'ai posé les mains sur le volant, j'ai examiné les pédales. J'ai imaginé que je descendais ouvrir le portail et que je sortais en marche arrière, puis je l'ai fait. J'ai engagé la seconde et je suis passée devant le *kafenío* de Safron qui, surprise, m'a saluée d'un geste de la main ; j'ai tourné ensuite à droite, vers Frangokàstelo, et entamé la descente tout doucement, le cœur battant, mettant la première à chaque virage. En bas, la mer avait l'air d'un mirage, et la route, un serpent gris au milieu des rochers jaunes, paraissait sans fin. Pourtant elle s'est arrêtée. Je me suis garée dans la cour du château au moment même où un groupe de touristes anglais remontait à bord d'un car, serviettes de bain sur l'épaule et cheveux encore mouillés, pour aller déjeuner dans un restaurant touristique, probablement. Je me suis ainsi aperçue que je n'avais emporté ni mon maillot ni mon portefeuille. Je suis quand même descendue à la plage, j'ai ôté mon pantalon et me suis dirigée vers Sfakiá en culotte noire, mes sandales à la main, sur la ligne de brisement des flots. Quand les galets ont commencé, je me suis assise sur un rocher poreux. À cet endroit-là, l'eau était pleine d'étranges algues, des enchevêtrements marron de fins rubans qui évoquaient des bandes de vieilles cassettes audio.

J'ai pris mon téléphone et j'ai appelé mon père. « Allô ! Allô ! Allô ! J'entends rien ! » disait-il, de plus en plus nerveux. Alors j'ai raccroché et refait le numéro. « Allô ! s'est-il écrié, agacé.

– Papa, c'est moi ! C'est Vera ! Tu m'entends ?

– Très mal !

– Alors, attends un instant, je te rappelle sur le fixe !

– L'fixe, tu parles ! J'suis à l'hôpital ! »

« Tu aurais dû me le dire.

– Il y a un tas de choses que je ne te dis pas, Vera. Tu ne peux pas être en même temps en Crète et ici.

– Comment va papa ?

– Très bien. Il a été hospitalisé pour une transfusion et, tant qu'il y était, le médecin a cru bon de lui faire quelques examens.

– Donc… tout va bien ?

– Tu sais, il n'y a pas que papa dans ma vie. J'ai aussi d'autres problèmes.

– Alice ?

– Tout ça à cause de ce lapin de merde.

– C'est-à-dire ? Nora, dis-moi ce qui s'est passé !

– Oh, rien. Elle a fugué.

– Quoi ?

– Un après-midi, il y a trois jours, elle a pris son sac à dos et elle est allée, Dieu sait comment, jusqu'à la bretelle de la voie express. Par chance, une femme l'a vue marcher le long de la chaussée, à deux doigts des camions, tu imagines ?

– Oh, Seigneur !

– Et elle a alerté la police. Alice est rentrée à la maison à bord d'une voiture de patrouille. Ou plutôt à la boutique.

– Où allait-elle ?

– Chez son père ! Elle y va toujours en voiture, c'est la seule route qu'elle connaisse.

– Oh, Nora. Je savais bien que la situation n'était pas si facile que ça pour elle.

– Oui, mais putain !

– Où est-elle maintenant ? Passe-la-moi.

– Hors de question. Elle est à l'étage, dans sa chambre, enfermée à clef. Elle refuse de m'adresser la parole. À toi non plus.

– Comment le sais-tu ?

– Parce que je le lui ai proposé ! Je lui ai dit : "Si tu ne veux pas me parler, appelle ta tatie chérie."

– Je t'en prie, Nora.

– Elle dit que tu l'as *trahie*, toi aussi. Tu imagines, ce grand mot dans la bouche d'Alice ? Elle criait : "Vous m'avez tous trahie !" Comme par un fait exprès, Vincenzo est à Rome pour son boulot. Il rentre ce soir.

– Elle lui a parlé ?

– Elle ne parle qu'à lui ! Elle ne descend même pas pour les repas. Elle a fait une provision de crackers et de chocolat. Elle dit que je suis une meurtrière et qu'elle veut vivre avec Vincenzo.

– Meurtrière ?

– La porte vitrée est restée ouverte et le lapin s'est sauvé. Elle est persuadée qu'il est mort.

– Tu as chassé Toni ?

– Vera, ne t'y mets pas toi aussi.

– Tu as fait ça ?

– Et quand bien même ? Il est retourné là d'où il était venu. De l'enfer.

– Nora !

– Il m'a pissé dessus, tu te rends compte ? J'étais assise devant la télé et ce putain de lapin est venu me pisser sur les pieds.

– Mais… tu pleures ?

– Non. C'est juste que je n'en peux plus. Ces six semaines ont été infernales. Et toi, tu es là-bas, tu envoies des photos de brebis et de couchers de soleil, puis tu dis "Passe-la-moi". Quand cette histoire finira-t-elle ?

– Quelle histoire, Nora ?

– Moi aussi, je veux avoir la possibilité de faire des choix, Vera. Je veux une seconde chance. Je la veux.

– Tu l'auras.

– Oui, je l'aurai. C'est mon tour. »

Safron insiste pour porter ma valise cabine jusqu'au contrôle des bagages et me masse légèrement le bras en fixant sur moi ses yeux verts et ronds, enchâssés dans son visage ligneux. « *Na ghirísis* » (*Reviens*), dit-elle, avant de s'élancer sans plus se retourner vers le pick-up qu'elle a garé sur le trottoir devant les Départs ; je la regarde disparaître dans la lumière. Hier après-midi, je suis passée au *kafenío* pour lui demander si je pouvais lui laisser les clefs de la maison de Mimis et elle a proposé de m'accompagner ce matin à l'aéroport.

La situation s'est aggravée. La semaine dernière encore mon père était fumasse d'être hospitalisé, mais calme : sa jambe avait dégonflé et il se réjouissait même d'avoir perdu quelques kilos. Il était prévu qu'il rentre à la maison quelques jours plus tard, mais après la coloscopie il a ressenti de fortes douleurs. Je n'ai pas bien compris où, peut-être à l'aine. Au téléphone, il n'arrêtait pas de jurer. Qu'est-ce que ça peut être ? ai-je demandé à ma sœur, qui, dans l'incapacité de comprendre, avait supplié les médecins de faire une IRM. Mais ils tergiversaient. Qu'est-ce que ça peut être ? ai-je demandé à Franco. Il avait pour sa part une hypothèse : qu'on avait perforé l'intestin de mon père par mégarde, provoquant une infection. Une infection, un truc qui peut passer avec des antibiotiques ? En attendant, on avait commencé à lui administrer de la morphine. De la morphine ? Et puis, avant-hier soir, Nora m'a téléphoné pour annoncer que papa était tombé dans le coma ; Franco et elle se relayaient à son chevet.

L'avion atterrit dans la grisaille. Pour la première fois de ma vie, je prends un taxi à Vérone et prie le conducteur de me déposer à l'hôpital. J'ai parcouru cette route d'innombrables fois, dans les deux sens, pour mes contrôles ou ceux de papa ; maintenant, je regarde le paysage à travers la vitre et j'ai l'impression d'être en voyage dans un pays étranger.

Après avoir avalé un cappuccino brûlant, je demande à la barmaid la plus souriante l'autorisation de laisser ma valise dans le débarras, derrière le comptoir, et monte en ascenseur au cinquième étage.

Nora jaillit de la porte vitrée du service, au fond, et vient à ma rencontre, ses bras se balançant, ses boucles blondes tressautant sur sa tête baissée. La vue de sa tunique à fleurs bien repassée ramène mon attention sur mon tee-shirt froissé et mes talons gercés dans des sandales où le sable crisse encore.

« Salut, tatie ! »

Alice s'est ruée sur mon dos et m'a étreinte. Je l'attire devant moi et lui prends le visage entre mes mains.

« Qu'est-ce que tu fais ici ? »

Elle passe lentement une paume sur mes cheveux en brosse et sourit.

« Vincenzo devait l'accompagner en classe ce matin, mais son appartement a été inondé.

– Comment va papa ? »

Elle secoue la tête.

« Alice, retourne dans la salle de télé. Tu veux aller t'acheter de quoi lire ?

– Je veux voir papy.

– Non, tu ne veux pas le voir.

– Et pourquoi ?

– Vera, dis-lui toi aussi qu'il ne vaut mieux pas.

– Je veux le voir.

– Moi, je ne sais pas si je veux le voir. Écoute ta maman, Alice. »

Elle jette un coup d'œil vers l'ascenseur et soupire.

« D'accord. Je retourne là-bas, mais je ne lirai pas de magazine et je ne regarderai pas la télé, compris ? J'attendrai et c'est tout. *Traîtresse* », murmure-t-elle en pivotant sans me regarder.

Nous la suivons des yeux tandis qu'elle se dirige en traînant les pieds vers la salle de télévision, qui se trouve au fond à gauche et qui est bleue, je le sais.

Le volet roulant est baissé pour le protéger du soleil, je m'immobilise à trois pas du lit. Ce n'est pas lui : le visage blanc et tendu que j'entrevois derrière le masque à oxygène semble fait de caoutchouc, il a la bouche ouverte, les lèvres violacées et gercées, les bras couverts d'hématomes, une canule bleue fixée sur la peau par un sparadrap transparent, les mains rouges et enflées. J'en saisis une : elle est poisseuse et inerte.

« Papa », dis-je en espérant qu'il ne m'entend pas, car j'ignore comment ma voix lui parvient là-dedans.

De très longues pauses séparent deux respirations. Parfois, pendant quelques instants, il ouvre tout grand les yeux ; ils sont injectés de sang ; ce sont les yeux d'un homme qui se penche sur un gouffre. Une douleur me cueille à l'estomac et me coupe le souffle. Je cherche ma respiration, appuyée contre le mur.

« Vera. »

Nora s'est approchée et a posé une main sur mon dos.

« Vera. »

Je lui montre la paume d'une main sans un regard pour elle.

« Je vais aux toilettes », dit-elle.

Je reste là, pliée en deux dans un coin, hurlant sans bruit. Puis des sanglots frénétiques me secouent, suivis d'un étrange et humide relâchement. Je vais jusqu'au fauteuil, sous la fenêtre, à une distance de sécurité du lit. De temps en temps, mon père pousse un gémissement et je me pince le bras. Il a probablement échoué dans un affreux endroit à l'intérieur de sa tête. La dernière fois que je lui ai parlé, il était encore persuadé qu'on l'autoriserait à rentrer à la maison quelques jours plus tard. « Moi aussi je rentre bientôt, lui avais-je dit. On continuera la transcription. » Il y avait eu un silence. « J'm'en fous complèt'ment, c'est curieux, hein ? » avait-il fini par répliquer. Ces derniers jours, j'ai beaucoup pensé à cette phrase en me demandant s'il s'agissait d'un reproche, d'une sorte de punition. Mais il l'avait prononcée d'un ton stupéfait, comme s'il venait de faire une découverte.

« Tatie. »

Alice est apparue sur le seuil.

« Où est maman ? interroge-t-elle.

– Je ne sais pas. Aux toilettes, je crois.

– Non. J'en reviens.

– Alors... Je ne sais pas. Attends, je sors.

– Juste un moment. »

Elle semble attendre ma permission pour se tourner vers son grand-père, mais je garde le silence. Elle s'approche donc du lit, impassible. Des doigts, elle lui effleure le front puis la joue.

« Il transpire », dit-elle.

Elle ôte une lingette d'un paquet sur la table de nuit et s'apprête à lui toucher le visage. C'est alors qu'il ouvre tout grand les yeux et pivote dans sa direction. Elle recule brusquement, heurtant la perche de la perfusion.

« Attention ! dis-je en bondissant sur mes pieds.

– Papy, tu es réveillé ? »

Il fixe sur elle ses yeux écarquillés sans paraître la reconnaître.

« Papy, c'est Alice. Il y a aussi tatie Vera.

– Papa », dis-je en lui pressant l'épaule.

Il continue de regarder Alice, la bouche ouverte, comme s'il était absent.

« Tatie !

– Ça suffit maintenant ! Sors ! »

Je la tire par le bras dans le couloir, obligeant l'infirmière qui pousse le chariot des médicaments à effectuer une manœuvre brusque pour nous éviter. D'un mouvement vif, Alice se dégage de mon étau, puis s'achemine dans le couloir d'un pas rapide, sa queue de cheval se balançant dans son dos. « Alice ! Alice ! » Elle dresse son majeur sans s'arrêter. Je m'élance pour la rattraper, mais elle se met à courir elle aussi, manquant de se heurter à un petit groupe de médecins effectuant une visite (*Hé, attention !*). Je ralentis, leur présente mes excuses et franchis la porte du service à temps pour la voir s'engouffrer dans l'escalier. L'ascenseur s'ouvre et Nora en sort, munie de deux cafés dans des gobelets en carton.

« C'est pour toi, dit-elle. Où vas-tu ? »

Elle sent le tabac. Elle a arrêté de fumer il y a dix ans, mais je m'abstiens de tout commentaire.

« Je te le dirai après. Va voir papa. Il est réveillé.

– Comment ça, réveillé ? s'exclame ma sœur, les yeux écarquillés.

– Façon de parler.

– Alice ?

– Je m'en occupe. Toi, va voir papa.

– Vera ! »

Mais je me suis déjà coulée dans l'escalier. Je dévale les cinq étages et débouche sur l'esplanade, devant l'entrée principale. Pas d'Alice. Je vais m'asseoir sur un des rares bancs libres, dans le square à côté du bar, à l'ombre d'un cyprès. Les bancs au soleil sont tous occupés par des couples de patients et de proches ; à ma droite, une femme déjà âgée au large visage souriant – probablement une aide à domicile – met des chaussettes à un monsieur aux jambes blanches et maigres.

J'ôte une première sandale, puis la seconde avant de les battre sur le bord du banc ; il en jaillit une poussière dorée.

Du coin de l'œil, je vois Alice approcher, puis s'asseoir à ma gauche.

« Tu m'as fait un doigt d'honneur », dis-je.

Un rire lui monte aux lèvres.

« Qu'est-ce que tu attendais pour rentrer ? » me demande-t-elle.

Mon portable vibre dans ma poche, c'est peut-être Franco.

« Tu as nagé sous l'eau ? »

J'acquiesce.

« Il y avait des dauphins ?

– Non. Du moins je n'en ai pas vu. Mais il y avait un tas d'oiseaux. Ils font halte en Grèce en migrant vers le sud. »

Je pose les pieds sur le banc et passe les bras autour de mes jambes.

« Là-bas, c'est toujours une heure plus tard, pas vrai ? »

Je la dévisage. Cette fois, c'est moi qui ris.

« Oui, c'est toujours une heure plus tard. »

J'avance deux doigts vers elle en simulant une marche, les pose sur sa jambe, puis remonte sur un de ses genoux, que je conquiers. Elle ne s'y oppose pas.

« On ne m'a pas laissée lui dire au revoir, affirme-t-elle. Tu crois qu'il reviendra ? »

D'un doigt, je dessine des petits cercles sur son genou.

« Non, dis-je. Je ne crois pas.

– Comment on dit au revoir à quelqu'un qui ne vous voit pas ?

– Je ne sais pas. J'imagine qu'il faut se mettre devant lui, repenser aux moments passés ensemble, aux meilleurs, de préférence. Et lui dire au revoir de l'intérieur. C'est ce que je ferai avec papy.

– Mais comment, tatie ? Je ne comprends pas.

– Laisse tomber. C'est une connerie. En réalité, on ne peut pas. »

Elle remonte les jambes à son tour et les croise sur le banc. Elle fixe les yeux sur moi.

« À propos, lui dis-je tout bas. J'ai quelque chose pour toi.

– Je ne veux pas de cadeaux de consolation. Ça fait trois semaines que tout le monde m'offre des cadeaux. Papa m'emmène tous les matins à la pâtisserie. »

Je glisse la main dans la poche de mon pantalon et lui tends mon poing. Elle plisse les paupières, puis écarte tout doucement mes doigts. Elle contemple la sphère d'opale, étincelante et lumineuse dans ma paume.

« Tu l'as prise », dit-elle.

Je la lui mets dans la main.

« Ce n'est pas un peu tard, maintenant ?
– Il y a de nombreuses façons de sauver une vie.
– Je ne comprends pas, tatie.
– Nous avons la boule, Alice. Nous, nous avons la boule. »

Il me hissait sur ses épaules et me promenait dans la maison au trot. Il soufflait, hennissait. Soudain il se cabrait et, m'attrapant sous les aisselles, me perchait sur une armoire – celle de notre chambre, à Nora et à moi, ou celle de la petite salle à manger au fond du couloir – et s'en allait. Je restais là, assise, confrontée à la peur du vide et à l'impossibilité de descendre, mais confiante, au début, en son retour. Je parvenais même à savourer un moment cette perspective insolite. Mais l'attente durait quelques secondes de trop. Je l'appelais. « Papa ! Papa ! » Et quand des pleurs se glissaient dans ma voix, sa silhouette se matérialisait enfin sur le seuil.

« Ah, t'es là ? »

Il me remettait à califourchon sur ses épaules et nous recommencions à trotter dans la maison, sa langue claquant en rythme contre son palais. Nous nous penchions dans la chambre où papy ronflait, les mains croisées derrière la tête, ou dans la cuisine où maman lavait la vaisselle et où mamie, assise dans un fauteuil, tout en jaune, serrait Nora contre sa poitrine en lui parlant tout bas à l'oreille. Les cous se tordaient pour nous regarder, mais nous nous contentions de jeter un coup d'œil et, mon derrière rebondissant sur la croupe du cheval légèrement essoufflé, nous allions inspecter d'autres coins du royaume. Au milieu du couloir, où un mur divisait autrefois les deux appartements, se trouvait encore un bout de cloison accroché au plafond. Lorsque nous nous en approchions, mon cheval abandonnait souvent le trot pour le galop : en tenant fort mes mains sous son menton, il s'élançait dans le couloir. À la vue de ce bout de mur qui se précipitait vers moi, je hurlais. J'ignore comment il s'y prenait pour freiner à chaque fois sans que je me heurte violemment la tête. Ma mère apparaissait sur le seuil de la cuisine.

« Et si tu lui fais mal ?

– J't'ai fait mal ? » interrogeait mon père.

Et je secouais la tête.

Le dimanche après-midi, Nora et moi l'accompagnions au lit. Il levait une jambe, transformant le drap en tente : je posais la tête sur son épaule droite, ma sœur sur la gauche et il nous racontait des épisodes toujours différents de *Blanche-Neige et les sept nains*, en dialecte. Les nains se cachaient, mais la sorcière les débusquait toujours à cause de Simplet, qui pétait. Le récit changeait de rythme et de ton, se faisant tantôt captivant, tantôt agité. Mon père changeait chaque fois de voix pour incarner la sorcière, Grincheux, Blanche-Neige, un putois, le vent. Sa poitrine montait et descendait en même temps que nos têtes ; son histoire était tout entière souffle chaud, tressautement et magie dans l'étreinte des corps.

Quand je détourne les yeux de mon ordinateur, la portion de ciel visible entre les branches est déjà striée de rose. Je me masse le visage du bout des doigts puis gagne ma chambre en essayant de ne pas réveiller Alice ; je renifle le pull bleu marine de Franco avant de l'enfiler. Tous les matins, vers trois heures, je me réveille et tente de l'imaginer là-bas, allongé à l'intérieur d'un container dans le camp d'Idomeni. « Il pleut depuis plusieurs jours, les tentes sont plantées dans une mer de boue », a-t-il dit.

Alice dort, recroquevillée vers le mur, ses cheveux fins éparpillés sur l'oreiller. Elle a refusé d'aller au Maroc avec ma sœur et son nouveau compagnon. Je m'étais préparée à m'installer deux semaines dans leur appartement, mais elle a préféré venir chez Franco avec moi, malgré la demi-heure d'autobus qui la sépare de son école. Elle a emporté la chatte que Nora lui a offerte avant de partir pour compenser la disparition de Toni et qui, en l'espace de quelques jours, a troqué son état léthargique contre celui d'une chasseuse : hier, elle s'est présentée à la cuisine, un moineau mort dans la gueule ; la veille, avec un lézard qui s'est enfui en abandonnant sa queue sur place. Nous avons enterré le moineau dans le jardin, à l'intérieur d'une boîte de biscuits.

« Lézards, moineaux, ai-je dit, c'est vraiment le printemps », et Alice a ri.

Chaque soir, je lui lis quelques pages des cahiers de mon père. Hier, nous avons entamé le numéro 35 bis. Elle lorgne les lignes et demande : « Comment tu fais, tatie, pour lire sans points ni virgules ? – Je retrouve sa voix, son souffle, dans le rythme de ses phrases. » De temps en temps, nous rions de ses blagues, ou de sa façon de dépeindre les personnages.

J'avais recommencé à transcrire les cahiers. J'avais l'impression qu'il le fallait, que je devais remédier de cette manière à ma trahison ; je m'y suis appliquée trois heures par jour pendant trois mois. En l'absence de discussions avec lui sur l'usage de tel ou tel mot, d'une expression ou d'un tour de phrase, j'ai pris l'habitude de noter mes observations directement sur la page à l'aide d'un feutre fuchsia. Un jour, Nora m'a surprise et s'est mise en colère, elle a déclaré que détériorer de la sorte les cahiers de papa était un sacrilège, comment osais-je ? Elle était venue déjeuner ici avec Alice, un dimanche peu avant Noël. « C'est comme si je posais les pieds sur le canapé d'un ami, lui ai-je répondu, cela me donne une sensation d'intimité. » Elle m'a dévisagée un moment, les mains sur les hanches, puis a laissé tomber.

Mon père a offert à son alter ego une vie aventureuse et très heureuse : après avoir découvert le trésor abandonné par les Allemands en fuite, le maçon Gianni Sarti effectue une série d'investissements compulsifs dans les secteurs de la restauration et de la production à vaste échelle d'articles de boulangerie, puis dans l'immobilier et les chevaux de course. Il se mue en entrepreneur arrogant et généreux, un transfuge de classe qui décide de rendre leur dignité à des ratés, d'anciens détenus, d'anciennes prostituées, des orphelins et des femmes maltraitées en leur procurant un emploi. Il a honte de ne pas avoir fait d'études, mais son ascension sociale est irrépressible. En raison de sa curiosité et de son esprit d'entreprise, il se retrouve impliqué dans une affaire d'espionnage industriel liée à un trafic d'armes auquel sont mêlés de hauts prélats (son anticléricalisme) ; grâce à son courage et à sa débrouillardise, il apparaît avec une fréquence ridicule à la une du quotidien local. C'est un bienfaiteur de la communauté et un héros, mais il est également animé par un insatiable besoin d'argent et de pouvoir : sans le moindre scrupule, il multiplie les faveurs et les pots-de-vin pour obtenir ce qu'il veut.

« Mais toi, où comptes-tu arriver ? lui demande Rita, sa compagne. Tu crois que tu ne mourras jamais ? »

À un moment donné, j'ai de nouveau cessé de transcrire : papa m'est apparu, planté, les jambes écartées, dans ma cuisine, vêtu d'un polo rose qu'il n'aurait jamais porté, s'essuyant le visage avec un mouchoir. Et mon histoire a commencé à couler. Par surprise, la sainte s'y est aussi glissée.

Quoi qu'il en soit, je poursuis la lecture de son roman : j'ai de plus en plus besoin de savoir. Non, pas comment il se termine, je me rappelle très bien le jour où j'ai posé la question à papa : nous étions assis sur les transats dans le jardin en début de soirée et nous regardions les lapins se poursuivre sur la pelouse. Il a ri entre ses dents, comme à son habitude, puis s'est tourné vers moi et a déclaré : « Lui, l'est mort. »

Il y a quelques jours, je suis allée lire les dernières pages. La couverture du cahier n° 51 bis montre un catcheur bronzé (un gars UVétisé, aurait dit mon père) aux cheveux oxygénés, une chaîne en or au cou. En haut à droite, il a écrit DERNIER et souligné ce mot trois fois au Bic noir. Gianni Sarti est un vieillard enragé et à moitié sourd qui se déplace en fauteuil roulant, entouré d'individus absents des trente premiers cahiers – filles, gendres, petits-enfants. Je me suis rappelé que, pendant ma première chimiothérapie, je regardais une série télévisée allemande. En allant fouiner sur YouTube une centaine d'épisodes plus loin, je n'avais retrouvé aucun des personnages, ou presque, que je connaissais. J'avais aussitôt cessé de suivre cette histoire : je n'avais pas envie de m'introduire dans les affaires intimes de ces inconnus.

Je repense à la conversation que j'ai eue avec mon père dans le jardin, le jour du départ de Franco pour Palerme, sa sensation d'échec. Il a dû être surpris lorsqu'il a constaté que dans la vie de Gianni Sarti aussi, les choses se gâtaient. En lisant ses cahiers, je recherche ce point de bascule. Mais en ce qui concerne la vie de Zeno Benin, je sais qu'au moment où il s'enfonçait, mon père lévitait aussi. Et il a lévité, lévité, lévité jusqu'à l'endroit où nous nous sommes rencontrés et où nous nous sommes penchés, ensemble, pour regarder nos minuscules vies.

« Tatie, c'est tard ! Pourquoi tu ne m'as pas réveillée ?
– Je crois que c'est terminé », dis-je.

Remerciements

Merci à Carola Susani, à mes compagnes et mes compagnons du laboratoire d'écriture de Vérone. Merci à Tiziana Rinaldi Castro, Giulia Gadaleta, Francesca Zoppei, Linda Zardo et Germana Urbani. Merci à Ester Armanino, Roberta Del Bene et Fiammetta Palpati. Merci à Katia Lo Bocchiaro et Filippo Bonfante. Merci à Giovanna La Maestra et à Letizia Quintavalla. Merci à Paolo Cognetti. Merci à Angela Rastelli et à Monica Malatesta. Et, pour toujours, mille fois merci à Giorgio Bertini, mon compagnon de traversée. Chacun d'eux sait pourquoi et chacun d'eux saura prendre la jolie part qui lui revient.

RÉALISATION : NORD COMPO À VILLENEUVE-D'ASCQ
ACHEVÉ D'IMPRIMER SUR ROTO-PAGE
PAR L'IMPRIMERIE FLOCH À MAYENNE
DÉPÔT LÉGAL : JANVIER 2026. N° 158159 (107926)
IMPRIMÉ EN FRANCE